思辨在左，文学在右

读懂 小古文
爱上大语文

琬如 —— 编著

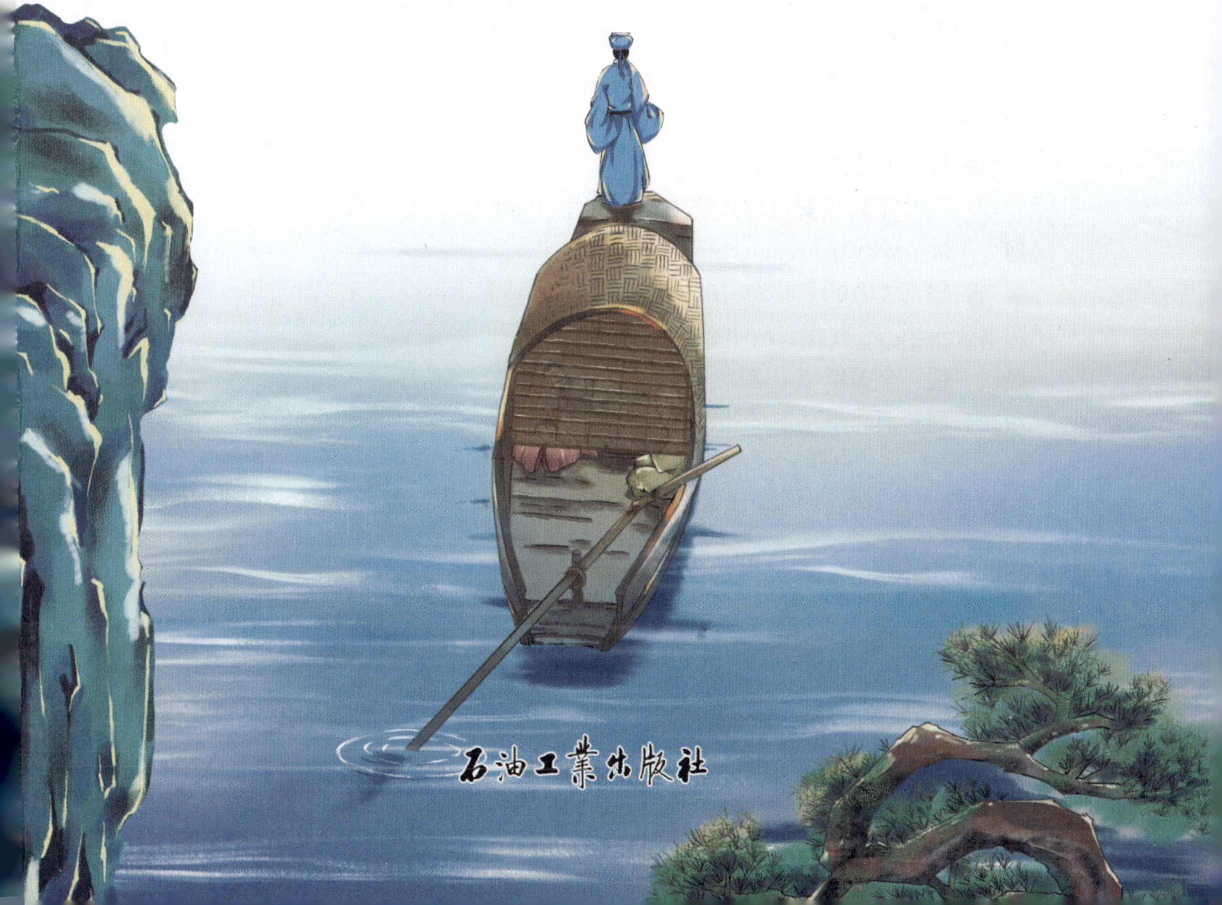

石油工业出版社

图书在版编目（CIP）数据

思辨在左，文学在右：宋代古文 / 琬如编著．--北京：石油工业出版社，2022.6

（读懂小古文，爱上大语文）

ISBN 978-7-5183-5311-8

Ⅰ．①思… Ⅱ．①琬… Ⅲ．①古典散文－散文集－中国－宋代 Ⅳ．①I264.4

中国版本图书馆CIP数据核字（2022）第052752号

读懂 小古文 爱上 大 语文

思辨在左，文学在右 …… 宋代古文

策划编辑：王 昕 黄晓林	装帧设计：何冬宁
责任编辑：杨建君	美术编辑：王道琴
责任校对：郭京平	图片提供：站酷海洛
特邀编辑：王玉敏	封面绘制：狼仔图文

出版发行：石油工业出版社

（北京安定门外安华里2区1号 100011）

网　　址：www.petropub.com

编 辑 部：（010）64523616 64252031

图书营销中心：（010）64523731 64523633

经　　销：全国新华书店

印　　刷：河北京平诚乾印刷有限公司

2022年6月第1版 2022年6月第1次印刷

710×1000毫米　开本：1/16　印张：10

字数：130千字

定　　价：38.00元

（如出现印刷质量问题，我社图书营销中心负责调换）

版权所有，翻印必究

读懂小古文 爱上大语文

古文，是根植于中国人灵魂深处的一种浪漫而优雅的语言。

2020年年初，新冠肺炎疫情暴发，各地紧急驰援武汉。一批来自日本汉语水平考试事务所的援助物资"刷屏"各大网站，物资的外包装箱上印着八个汉字——"山川异域，风月同天"。这是唐朝时日本国长屋王赠送给唐朝僧人的袈裟上绣的一句古文。人们感动于邻邦伸出援手之余，更被这句简短的古文深深触动——她仿佛饱含着我们最钟情的审美，融汇起浓浓的暖意，如此地直入心田！"岂曰无衣，与子同裳""青山一道同云雨，明月何曾是两乡"等越来越多的古文词句出现在援助物资上，凝聚起无数人的祝福与情感寄托。此时此刻，古文再一次展现了她独特而巨大的魅力。

简洁的古文何以有超越千言万语的力量？何以让海北天南的人齐齐地怦然心动？

首先是她让我们感到熟悉而亲切。作为我们民族的母语，汉语言几千年传承下来，语言的结构章法大体未变，一直以古文的形式存在。无论时代如何演变，汉语万变不离其宗。不论先秦诸子的之乎者也、两汉骚客的辞赋骈俪、唐宋大家的诗词文论、明清文人的小说杂文，都是古文主干上长出的枝杈、开出的繁花。所以即便跨越千年，人们仍可以对"千里之行，始于足下"一望而知意，仍然会想起"窈窕淑女，君子好逑"而产生共情。古文在千百年间早已融入中国人生活和灵魂深处，当我们最需要情感倾诉的时候，古文往往会脱口而出。

其次是她传递给我们以永恒的情感。千古传诵的古文，都是那个时代最杰出的文字，都凝练了作者最浓烈的情感、最无与伦比的巧思。其间有伟人、先贤千锤百炼总结出的人生大道理，也有被历朝历代最机巧、最敏感的灵魂点破的小心思。孔孟的经典、老庄的哲思，到如今，多少人仍如此思考、如此践行；李杜的诗句、苏柳的名篇，到如今，多少人仍如此吟诵、如此遣怀。蒲松龄的《促织》让你不禁拍案称奇，而百年来多少人读到此篇也曾有过相同的感慨和动作；林觉民垂泪写下《与妻书》，而我们读来又何尝不泪湿双眼……正因为她汇聚了共同的情感，才有了穿越时空的能量。

最后，古文言简意赅，字字珠玑，所呈现的凝练之美是非常令人震撼的。古文中短短数言即可向我们展示一幅绝美的风景长卷或一个精彩的故事场景，如王勃的《滕王阁序》中"落霞与孤鹜齐飞，秋水共长天一色"，十四个字便描绘出在滕王阁上远眺赣江风光的壮丽图景，秋色、黄昏、飞鸟、长天融为一体，这样的景象，如果换作白话文来描述，只怕是要写上一篇千字散文才能尽兴。古文寥落几笔的美感与质感，恰似茗茶，初入口略感苦涩，却有绵长的回味，又如同曲径通幽，绝不能一览无余，言尽而意未尽。其中蕴藏了深远的意境，饱含了厚重的情感，浸润了幽邃的哲思，值得我们后人细细品读、玩味。

本套丛书共6卷，包括《追忆群星闪耀时：先秦古文·上卷》《千古绝唱，万世不息：先秦古文·下卷》《锦绣文章的华丽风行：两汉魏晋南北朝古文》《盛世华章，文以载道：隋唐古文》《思辨在左，文学在右：宋代古文》《阳春白雪落人间：明清古文》，选取的古文名篇皆具代表性，经典传颂才能证明有最大的共情点与认同度。全套丛书约300篇古文，涵盖中小学教材中出现的大部分古文篇章，并进行了篇目和篇幅的拓展。同时，结合时代、作者、背景等多角度的辅助解读，最大限度还原文章写作的时代感和作者的写作情境，让今天的我们更加身临其境，浸入式地品赏作品。

更重要的是，我们在构思这套丛书时坚持一个主旨，那就是将文史相融，以朝代为经线，文体和题材为纬线，尽可能全面地囊括古文文采精华的"各大门派"，展现古文灿烂成就之大观。希望这套丛书能成为你开启古文阅读兴趣的钥匙，成为你涵养情操、增广见闻的向导，成为你通达世情、共情古今的纽带，更能成为你提高古文阅读和语文功底的牢固基石。

让我们一起穿过千年的岁月，去感受古文所构筑的那个宏大而又奇趣无穷的世界吧！

目录

走向巅峰的宋代散文…………1

·范仲淹：苦读成就功名·
岳阳楼记…………………… 4

·唐宋八大家·

·欧阳修：文坛泰斗，千古伯乐·
冯道和凝…………………… 13
醉翁亭记…………………… 16
卖油翁……………………… 22
五代史伶官传序…………… 24

·苏舜钦：政治斗争的牺牲品·
沧浪亭记…………………… 30

·苏洵：一个学渣的逆袭·
六国论……………………… 36

·周敦颐：莲花一样的男人·
爱莲说……………………… 43

·曾巩：低调务实的才子·
墨池记……………………… 47

·司马光：功过留与后人评说·
司马光……………………… 52
君子用人如器……………… 54
孙权劝学…………………… 56
训俭示康（节选）………… 58

·王安石：倔强的改革家·
伤仲永……………………… 68
读孟尝君传………………… 72
游褒禅山记………………… 75
答司马谏议书……………… 81

·苏轼：横溢的才华，有趣的灵魂·
书戴嵩画牛………………… 90

上神宗皇帝书（节选）……… 93
记承天寺夜游…………… 98
赤壁赋…………………… 100
石钟山记………………… 107
与章子厚………………… 112
与范子丰………………… 114
二红饭…………………… 116

·李格非：文采惊人的美男子·
书洛阳名园记后………… 120

·李纲：抗金名臣，民族英雄·
李纲传（节选）………… 124

·陆游：但悲不见九州同·
巫山神女峰……………… 127
肃王与沈元用…………… 131

·朱熹：天才的儒学大师·
人有耻，则能有所不为……… 134

·陆九渊："心学"的一代宗师·
为学患无疑（节选）…………… 136

·祝穆：旅游达人爱分享·
铁杵成针………………… 139

·罗大经：隐居山林的高士·
山静日长………………… 142

·周密：乱世中的高雅文士·
观潮……………………… 148

★语文教材古文篇目索引…… 152

走向巅峰的宋代散文

960年，后周大将赵匡胤在陈桥驿发动兵变，建立了北宋王朝。赵匡胤是靠武力夺取的皇位，所以担忧掌握兵权的将领故伎重演，于是倡导偃武修文，并通过一系列军制改革把军权集中在皇帝一个人手中。

宋代重文轻武的国策确保了皇权的稳固，也使宋代成为中国历史上一个独特的时代：社会经济极度繁荣，处于中国封建王朝的巅峰；文化艺术和科学技术高度发展，闻名世界的指南针、印刷术和火药的发明都出现在这个时代；军事却处于积贫积弱的状态，以致宋朝在与辽、西夏和金三个少数民族政权对峙中一直处于劣势。

宋代文化艺术的发展有两个关键性的因素。一是毕昇发明了活字印刷术，大大提高了制版效率，使大量书籍能够快速印刷出来，进而加快了文化知识的传播，也让文人学者写作的兴趣空前高涨。二是开封、杭州、成都、扬州等大城市更加繁华，为文学创作扩充了题材。

宋代散文沿着唐代散文的道路继续发展。唐代中期，韩愈、柳宗元曾发起古文运动，目的是反对南北朝以来文坛盛行的骈文，主张复兴先秦和两汉的散文。骈文讲究排偶、辞藻、音律、典故，对文字有诸多限制，而且过分追求辞藻华丽，却损害了对内容的表达。散文质朴自由，以散行单句为主，不受格式拘束，有利于反映现实生活、表达思想。中唐古文运动，虽然在当时文坛上取得了胜利，但骈文并未就此销声匿迹，晚唐以后，它还在继续流行。五代到宋初，浮靡华丽的文风再度泛滥。

北宋初年，王禹偁、柳开又开始提倡古文，主张文道合一，但二人孤军奋战，没能形成气候。宋真宗和宋仁宗年间，以杨亿、刘筠为代表的"西昆派"追求声律骈俪，席卷文坛。石介等人对此提出批评，但因为创作成就不高，所以影响并不大。直到文坛领袖欧阳修倡导诗文革新运动，宋代文坛的诗风文风才为之一变。

欧阳修大力提倡流畅自然的文风，反对浮靡雕琢和怪僻晦涩。欧阳修不仅提出了平实的散文理论，也创作出以《醉翁亭记》为代表的一系列优秀作品。加上他在政治界、学术界都有崇高的地位，又乐于提携青年，因此被尊为文坛领袖。他和好友梅尧臣、苏舜钦往来切磋，与门下士曾巩、王安石、苏轼兄弟等人相互推动，带动了一支写作队伍。这些古文能手各树旗帜、扩大影响，写出很多名篇佳作，从而使宋代古文运动波澜壮阔。

宋代散文文体出现了多样化的趋势。欧、苏等人并不绝对摒弃骈文，他们的古文注重吸收骈文在辞采、声律方面的长处，从而构筑古文的韵律节奏之美。同时，他们又把骈文进行改造，创造出了参用散体单行的

四六和文赋。这样，古文和骈文经过取长补短各自焕发了新的生机。此外，宋代散文中还出现了别具一格的笔记体，这种文体句式不拘长短，轻松活泼，是对古文文体的一次重大革新和解放。

宋代散文风格流派众多，几乎每位大家都具有鲜明的个性。但总体来说，宋代散文的风格是平易畅达、简洁明快，朝着文从字顺、如行云流水般的艺术境界发展。

议论、叙事和抒情是散文的三种主要功能。在宋代散文中，这三种功能被有机地融为一体，加强了散文的抒情性质和文学意味。欧阳修的史论在议论中融入了强烈的感情色彩，范仲淹的《岳阳楼记》和苏轼的《赤壁赋》把叙事和抒情结合得天衣无缝。可以说，在这些散文名篇中，议论、叙事和抒情的各种功能已经水乳交融，并具有了诗的唯美意境，是名副其实的美文。

宋代散文的成就最终超越了唐代，后世所说的"唐宋八大家"中欧阳修、苏洵、苏轼、苏辙、王安石和曾巩六人都生活在宋代。此外，北宋的范仲淹、晁补之，南宋的陆游、吕祖谦等人，也都是散文名家。从古代散文演变的历程来看，宋代散文已是中国散文发展的鼎盛时期。

范仲淹：苦读成就功名

范仲淹（989—1052），字希文，苏州吴县（今江苏苏州）人，北宋著名政治家、文学家。

范仲淹两岁丧父，母亲带他改嫁到朱家，将他的名字改为"朱说"。长大后，范仲淹得知自己的身世，毅然辞别母亲外出求学，立志成才。

范仲淹学习异常刻苦。每天晚上他都会熬一锅粥，第二天将凝结后的粥分成四块，早晚各取两块就着切碎的咸菜吃，"划粥断齑"这个成语就是这么来的，"齑"是咸菜的意思。为了节省时间，他有好几年晚上睡觉都不脱衣服。功夫不负有心人，二十七岁那年范仲淹考中了进士，当了官。后来，他认祖归宗，改回了范姓。

范仲淹为人耿直，不畏强权，做官清正廉明，政绩很突出。他还取得了极高的文学成就，诗、词都有优秀作品传世，散文《岳阳楼记》更是犹如宋代散文领域的一颗璀璨明珠，光耀后世。

 **岳阳楼记**

［北宋］范仲淹

> **小·档案**
>
> 出　　处：《范文正公集》，范仲淹谥号文正。
> 名　　句：居庙堂之高，则忧其民；处江湖之远，
> 　　　　　则忧其君。
> 　　　　　先天下之忧而忧，后天下之乐而乐。

庆历四年①春，滕子京②谪守巴陵郡③。越明年，政通人和，百废具兴，乃重修岳阳楼，增其旧制，刻唐贤今人诗赋于其上，属④予作文以记之。

【注释】①[庆历四年]1044年。庆历，宋仁宗赵祯的年号。本文结尾"时六年"，指庆历六年，即1046年。②[滕子京]名宗谅，字子京，范仲淹的朋友。③[巴陵郡]古郡名，今湖南岳阳。④[属]通"嘱"，嘱托。

予观夫巴陵胜状，在洞庭一湖。衔远山，吞长江，浩浩汤（shāng）汤，横无际涯，朝晖①夕阴，气象万千，此则岳阳楼之大观也，前人之述备矣。然则北通巫峡，南极潇湘②，迁客③骚人④，多会于此，览物之情，得无⑤异乎？

【注释】①[晖]日光。②[南极潇湘]南面直到潇水、湘水。潇水是湘水的支流，湘水流入洞庭湖。极，至、到达。③[迁客]被降职到外地的官员。迁，贬谪、降职。④[骚人]战国时屈原作《离骚》，因此称屈原或《楚辞》作者为"骚人"。后泛指文人。⑤[得无]表推测。

若夫①淫雨②霏（fēi）霏③，连月不开，阴风怒号，浊浪排空，日星隐曜（yào）④，山岳潜形，商旅不行，樯（qiáng）倾楫（jí）摧⑤，薄暮冥冥⑥，虎啸猿啼。登斯楼也，则有去国怀乡，忧谗畏讥，满目萧然，感极而悲者矣。

【注释】①[若夫]用在一段话开头，以引起下文。下文的"至若"用法与此相同。②[淫雨]连绵不断的雨。③[霏霏]雨雪纷纷而下的样子。④[曜]光芒。⑤[樯倾楫摧]桅杆倒下，船桨断折。倾，倒下。摧，折断。⑥[冥冥]昏暗。

岳阳楼

岳阳楼，湖南岳阳西门城楼，扼长江，临洞庭。三国时吴国都督鲁肃训练水师时修筑阅兵台，被命名为"阅军楼"；唐代张说在其旧址上建楼，正式定名为"岳阳楼"；北宋滕子京重修了岳阳楼，并请范仲淹写下此篇。

思辨在左，文学在右：宋代古文

至若春和景①明，波澜不惊，上下天光，一碧万顷，沙鸥翔集②，锦鳞③游泳，岸芷（zhǐ）汀（tīng）兰④，郁郁青青。而或长烟一⑤空，皓月千里，浮光跃金，静影沉璧⑥，渔歌互答，此乐何极⑦！登斯楼也，则有心旷神怡，宠辱偕⑧忘，把酒临风⑨，其喜洋洋者矣。

【注释】①[景]日光。②[集]停息。③[锦鳞]美丽的鱼。鳞，代指鱼。④[岸芷汀兰]岸上与小洲上的花草。芷，白芷。汀，小洲、水边平地。⑤[一]全。⑥[璧]圆形的玉。⑦[何极]哪有尽头。⑧[偕]一起。⑨[把酒临风]端着酒，迎着风。把，持、执。

嗟夫！予尝求①古仁人②之心，或异二者之为，何哉？不以物喜，不以己悲。居庙堂之高③则忧其民，处江湖之远④则忧其君。是进亦忧，退亦忧。然则何时而乐耶？其必曰"先天下之忧而忧，后天下之乐而乐"⑤乎！噫！微斯人，吾谁与归？时六年九月十五日。

【注释】①[求]探求。②[古仁人]古代品德高尚的人。③[居庙堂之高]处在高高的朝堂上，意思是在朝廷做官。庙堂，指朝廷。下文的"进"，指"居庙堂之高"。④[处江湖之远]处在僻远的江湖间，意思是不在朝中为官或被贬谪到边远地区做地方官。下文的"退"，指"处江湖之远"。⑤[先天下之忧而忧，后天下之乐而乐]在天下人忧之前先忧，在天下人乐之后才乐。先，在……之前。后，在……之后。

译文

庆历四年的春天，滕子京被贬到巴陵郡做太守。到了第二年，政事顺利，百姓和乐，各种荒废的事情都兴办起来，于是他重修了岳阳楼，扩大了它原有的规模,将唐代名人和当代文人的诗赋刻在上面,并嘱托我写一篇文章来纪念这件事。

我看那巴陵郡的美景,全在这洞庭湖上。湖水连接着远处的山峦,吞噬着滚滚的长江,浩浩荡荡,宽阔无边;水面气象变化万千,早晨阳光万里,傍晚光线昏暗,这是在岳阳楼上看到的壮丽景象,前人的描述已经很详尽了。这里往北通到巫峡,往南直达潇水和湘水,被贬降的官员和喜欢吟诵的诗人大多会聚在这里,他们欣赏完这洞庭景色后的心情恐怕会有所不同吧?

在阴雨连绵的日子里,天气一连几个月也不放晴,阴冷的风怒吼着,混浊的浪涛翻腾着冲向天空;日月星辰失去了光辉,山岳隐没在烟雨中;来往的客商无法通行,桅杆倾倒,船桨折断;傍晚天色更加昏暗,远处似乎传来老虎的怒吼和猿猴的悲啼。此刻人们登上这座楼,就会想到已经远离的国都和家乡,既担心别人说自己坏话,又害怕别人批评指责;看着面前满眼萧瑟凄凉的景象,心情往往因为伤感而更加悲痛。

在春光明媚的日子里,湖面风平浪静,天光水色连成一片,碧绿的湖水一望无际;沙洲上的白鸥时而展翅飞翔时而落下停歇,美丽的鱼儿在水中游来游去,岸边和小洲上的花草郁郁葱葱。有时空中的烟雾完全消散,皎洁的月光一泻千里,湖面上浮动着金色的光辉,月儿的倒影就像玉璧静沉在水底,渔夫的歌声也一唱一和,这真是一种无尽的乐趣!这时人们登上这座楼,就会感到胸怀开阔、心旷神怡,把一切荣辱得失置之度外,迎风畅饮,内心充满了喜悦!

唉!我曾经探求过古代仁人贤士的内心世界,或许与以上两种情况都不同,为什么呢?因为他们不因外物的好坏或自身处境的顺逆而或喜或悲。他们在朝廷做官为

百姓忧虑，被贬谪到偏远地区又替君主担忧，结果就是进朝做官也忧虑，退居外任也担心。既然这样，他们什么时候才能快乐呢？他们一定会说"在天下人忧虑之前忧虑，在天下人快乐之后快乐"吧！唉！如果没有这样的人，我还能与谁同道呢？（此文）写于庆历六年九月十五日。

欣赏文言之美

文章开门见山，叙述了写作的缘起——应好朋友滕子京的请求，为纪念重修岳阳楼而写一篇文章。岳阳楼耸立在洞庭湖畔，与宽阔无边的湖水共同构成了一幅雄壮辽阔的画面——"衔远山，吞长江，浩浩汤汤，横无

因改革被贬的范仲淹

北宋中期，内忧外患日益严重。1043年，范仲淹等人辅佐宋仁宗实施改革，史称"庆历新政"。1045年，改革失败。在政敌的不断攻击下，范仲淹被贬谪到邓州出任知州。但不同于其他迁客骚人的伤春悲秋、牢骚满腹，范仲淹置个人荣辱得失于度外，依然心忧天下，一心为国。

范仲淹作这篇文章，并不只是为了表达自己的政治理想和崇高追求，更是对好友滕子京进行规劝、勉励。据有关文献记载，滕子京蒙冤被贬后，心怀愤懑，时常有不满言辞，别人劝他小心祸从口出，他丝毫听不进去。范仲淹借记岳阳楼重修一事，重点论述迁客骚人的立身处世之道，在结尾处表面上说"微斯人，吾谁与归"，暗含的意思却是"这是我前进的方向，你呢？"

际涯"。离开国都远赴外任的迁客骚人路过此地，多会登楼望远。他们登临岳阳楼、远眺洞庭湖会看到什么？内心又会涌起一种什么样的情感呢？

　　文章第三段和第四段，范仲淹以灵动的笔触，浓墨重彩地描绘了两幅截然不同的画卷。这两段景物描写既有严格对偶的骈句，又有句式灵活的散句，排比工整，词句富丽，具有诗一般的韵味和意境。但范仲淹的本意不在写景，在文章的最后一段，他笔锋一转，言辞激昂地推出理想化的古代仁人志士，他们的精神境界远超前面两种迁客骚人，不论身处什么境地，他们忧国忧民之心不改。接着他在一问一答下发出壮烈豪迈的誓言——"先天下之忧而忧，后天下之乐而乐"！至此，在经过层层叙述、描写和论述后，文章主旨鲜明地呈现在了读者面前。

　　综上所述，这篇散文融多种写法于一体，记事简明扼要，写景生动鲜明，议论掷地有声。全文感情沉郁，慷慨豪壮，"不以物喜，不以己悲""居庙堂之高则忧其民，处江湖之远则忧其君""先天下之忧而忧，后天下之乐而乐"，这些闪光的句子代代流传，成为后世正直的文人士子毕生追求的政治理想和行为准则。

唐宋八大家

唐宋时期的散文大家比比皆是，他们的优秀作品不断被后世品评、传诵。明代初期，朱右选了韩愈、柳宗元等人散文，辑成《唐宋六先生文集》出版，其中苏洵、苏轼、苏辙因为都姓苏，被并为一家，实际上书中所选的是八个人的散文。明代中期，唐顺之在编纂的《文编》中也仅选取了这八个人的作品作为唐宋散文的内容。至明代末期，茅坤继承了以上二人的做法，选辑《唐宋八大家文钞》。因为这部书流传很广，"唐宋八大家"这个名号也随之流传开来，韩愈、柳宗元等八人成为后世公认的代表唐宋散文最高成就的大师。

韩愈（768—824），字退之，唐代文学家。因自称"郡望昌黎"，故世称"韩昌黎""昌黎先生"。他晚年曾做吏部侍郎，所以也称"韩吏部"；他的谥号是"文"，世人也尊称他为"韩文公"。他与柳宗元一起倡导古文运动，主张学习先秦两汉的语言风格，打破骈文的束缚，让散文的语言句式更加灵活、风格更加多变，大大增强了散文的表达功能。苏轼称赞他"文起八代之衰"，明代人推他为"唐宋八大家"之首。

柳宗元（773—819），字子厚，唐代文学家。因祖籍河东（在今山西），故世称"柳河东"；因晚年任柳州刺史，又称"柳柳州"。柳宗元与韩愈一起倡导古文运动，他一生留下诗文六百多篇，在散文方面的成就大于诗歌。

欧阳修（1007—1072），字永叔，号醉翁、六一居士，北宋文学家、史学家。他是北宋诗文革新运动的领导者，是北宋文坛的领军人物。欧阳修喜欢提携、举荐年轻人，苏轼、苏辙兄弟及王安石、曾巩都是他的门生。欧阳修的散文说理畅达，抒情委婉，与他流畅清丽的诗风极其接近。

曾巩（1019—1083），字子固，北宋文学家，北宋诗文革新运动的积极参与者。曾巩在太学读书时，曾给当时名动天下的欧阳修写信，并随信附上了自己所作的《时务策》。欧阳修读到这篇文章后，大为赞赏，不仅对其文章予以夸赞，还到处向别人推荐他。曾巩也成为欧阳修得意的门生。

王安石（1021—1086），字介甫，北宋文学家、政治家，北宋诗文革新运动的积极推动者。因封荆国公，世称"王荆公"。王安石的散文简洁雄健、短小精悍、论点鲜明、逻辑严密，有很强的说服力。

苏洵（1009—1066），字明允，北宋文学家。他长于散文，尤其擅长写政论，议论明畅，笔势雄健。欧阳修很赞赏他的文章，认为他可与刘向、贾谊媲美，于是向朝廷推荐。

苏轼（1037—1101），字子瞻，号东坡，北宋文学家。苏轼是个全才，诗、词、书、画、文样样了不起。苏轼的散文兼具思想性和艺术性，具有独特的审美意义。他的文章气势雄浑，如行云流水，收放自如；语言平易畅达，清新自然。《记承天寺夜游》《赤壁赋》《后赤壁赋》等都是广为传诵的名篇。

苏辙（1039—1112），字子由，北宋文学家。苏辙擅长写政论和史论，在政论中纵谈天下大事，往往一针见血；史论针砭时弊、古为今用。

读懂 小古文 爱上 大语文

欧阳修：文坛泰斗，千古伯乐

欧阳修（1007—1072），字永叔，号醉翁，晚年又号六一居士，吉州永丰（今属江西）人，北宋著名政治家、文学家、史学家。

欧阳修幼年丧父，母亲用荻秆在沙地上教他认字读书。欧阳修年少时，意外看到一本韩愈的文集，长大后再读，非常佩服韩愈。这为他以后发动北宋诗文革新运动播下了种子。

欧阳修不喜欢当时流行的华而不实的骈文，提倡写质朴自由的古文。古文指的是先秦两汉时期的散文，因为产生年代比骈文早，所以称"古文"。1057年，欧阳修主持进士考试，专门录取文章流畅通达的人才，如苏轼、苏辙。

作为北宋文坛领袖，欧阳修对有真才实学的人极尽赞美，竭力推荐。他推荐的人一个比一个名气大，比如司马光、王安石、苏洵、苏轼、苏辙等，所以欧阳修被称为"千古伯乐"。政治地位高、文学影响力大的欧阳修俨然一位文坛"盟主"，带动了一支很可观的写作队伍。这些人个个都才高八斗，写出了很多精彩的文章，使宋代散文名篇不断涌现。

除了文学方面的成就，欧阳修还爱修史书。他与宋祁等人同修《新唐书》，还独自修撰完成了《新五代史》。

冯道和凝

[北宋] 欧阳修

小·档案

出　　处：《归田录》，这是欧阳修写的一部小说集。

人　　物：冯道，字可道，五代时期历任后唐、后晋、后汉、后周四朝宰相，先后效力于十位皇帝。
和凝，字成绩，五代时期历仕后梁、后唐、后晋、后汉、后周各朝。

故老能言五代时事者云①：冯相道②，和相凝③，同在中书④。一日，和问冯曰："公靴新买，其直⑤几何？"冯举左足示和曰："九百。"和性褊（biǎn）⑥急，遽（jù）⑦回顾小吏云："吾靴何得用一千八百？"因诟责⑧。久之，冯徐举其右足曰："此亦九百。"于是哄堂大笑。时谓宰相如此，何以镇服百僚。

【注释】①［云］说。②［冯相道］宰相冯道。③［和相凝］宰相和凝。④［中书］中书省，宰相办公的官署。⑤［直］同"值"，价值。⑥［褊］气量狭小。⑦［遽］快速、急速。⑧［诟责］责骂。诟，骂。

译文

一位能讲述五代故事的老人曾说过这样一件事：冯道与和凝一起在中书省办公。一天，和凝问冯道："您新买的靴子值多少钱？"冯道抬起左脚给和凝看，说："九百。"和凝气量狭小，性格又急躁，马上回

读懂 小古文 爱上 大语文

头看着手下办事的官员,问:"我的靴子为什么要花一千八?"就开始责骂下属。许久,冯道又慢慢地抬起右脚说:"这只也是九百。"旁边的人哄堂大笑。当时的人们都说,这样的宰相怎么能够镇服百官!

欣赏文言之美

五代时期是唐末藩镇割据局面的延续,五代十国的开国君主都是掌握兵权的武将。这是一个充满血腥和杀戮的时代,弑君、兵变比比皆是,军阀政权像走马灯一样频繁更迭。冯道、和凝这些人见风使舵,博得了一个又一个主子的欢心,一直保持高官厚禄,冯道还自号"长乐老"。他们虽然名重一时,却被后世的人看不起,被视作厚颜无耻的典型。

这篇小说描述了冯道、和凝在中书省办公时

官场"不倒翁"

冯道先后效力于后唐、后晋、后汉、后周四朝十君,当了二十多年的宰相,人称官场"不倒翁"。后世也多批评他缺乏忠贞。此处也只是欧阳修把冯道拿出来表达自己的政治立场,并非全面评价冯道。

的一幕。冯道年龄比和凝大,资格比和凝老,有意要开和凝的玩笑,当和凝问他新靴子多少钱时,他先抬起一只脚说"九百"。气量狭小又急躁的和凝一听就炸了,马上开始责骂下属。众人听和凝因为这么一件小事而大动肝火、责备手下很久之后,冯道又慢慢抬起另一只脚,说:"这只也是九百。"短短一百来个字,将冯道的诙谐与和凝的急躁表现得活灵活现,同时也从侧面表现了二人的肤浅无聊。两个宰相的工作态度和行事作风都如此,整个官场的风气也就可想而知了。欧阳修在文章结尾假借时人之口,批评这样的宰相无法镇服百官,更无法辅佐国君治理好天下。

思辨在左,文学在右:宋代古文

欧阳修修史趣闻

欧阳修与宋祁同修《新唐书》时,宋祁喜欢用生僻字,让人感觉晦涩难懂。因为宋祁是前辈,欧阳修不好直接指出,于是在门上写下"宵寐匪祯,札闼洪庥"几个字。宋祁看了半天,说:"这不就是'夜梦不祥,题门大吉'的意思嘛,你为啥要写得这么文绉绉,让人费解。"欧阳修笑道:"我是在向您学习,您修史还把'迅雷不及掩耳'写成'震霆无暇掩聪'呢。"宋祁听了哈哈一笑,以后修史也平易起来了。

醉翁亭记

[北宋] 欧阳修

出　　处：《欧阳文忠公集》，欧阳修谥号文忠。
坐　　标：琅琊山，位于今安徽滁州，属于低山丘陵地形，最高峰为小丰山。
名　　句：醉翁之意不在酒，在乎山水之间也。

　　环滁（chú）①皆山也。其西南诸峰，林壑尤美，望之蔚然②而深秀者，琅琊也。山行六七里，渐闻水声潺潺，而泻出于两峰之间者，酿泉也。峰回③路转，有亭翼然④临于泉上者，醉翁亭也。作亭者谁？山之僧智仙也。名之者谁？太守自谓也⑤。太守与客来饮于此，饮少辄⑥醉，而年又最高，故自号曰醉翁也。醉翁之意不在酒，在乎山水之间也。山水之乐，得之心而寓之酒也⑦。

【注释】①[滁]滁州，位于今安徽东部。②[蔚然]茂盛的样子。③[回]曲折、回环。④[翼然]张开翅膀的样子。翼，翅膀。⑤[太守自谓也]太守用自己的别号（醉翁）来命名。⑥[辄]则，就。⑦[山水之乐，得之心而寓之酒也]欣赏山水的乐趣，领会于心间，寄托在酒上。

　　若夫日出而林霏①开，云归而岩穴暝（míng）②，晦明变化者，山间之朝暮也。野芳③发而幽香，佳木秀④而繁阴，风霜高洁⑤，水落而石出者，山间之四时也。朝而往，暮而归，四时之景不同，而乐亦无穷也。

【注释】①[霏]弥漫的云气。②[暝]昏暗。③[芳]花。④[秀]茂盛。⑤[风霜高洁]指天高气爽，霜色洁白。

　　至于负者①歌于途，行者休于树②，前者呼，后者应，伛偻

（yǔ lǚ）[3]提携[4]，往来而不绝者，滁人游也。临溪而渔，溪深而鱼肥，酿泉为酒，泉香而酒洌（liè）[5]。山肴野蔌（sù）[6]，杂然而前陈[7]者，太守宴也。宴酣[8]之乐，非丝非竹[9]，射[10]者中，弈（yì）[11]者胜，觥（gōng）筹交错[12]，起坐而喧哗者，众宾欢也。苍颜白发，颓然[13]乎其间者，太守醉也。

思辨在左，文学在右：宋代古文

【注释】①［负者］背着东西的人。②［休于树］在树下休息。③［伛偻］弯腰曲背，这里指老人。④［提携］牵扶，这里指被牵扶的人，即儿童。⑤［洌］清。⑥［蔌］菜蔬。⑦［陈］陈列，摆开。⑧［酣］尽兴地喝酒。⑨［非丝非竹］（宴中欢饮的乐趣）不在于音乐。丝，弦乐器。竹，管乐器。这里用两种乐器代指音乐。⑩［射］这里指投壶，宴饮时的一种游戏。把箭投向壶中，中多者为胜，负者按照规定的杯数喝酒。⑪［弈］下棋。⑫［觥筹交错］酒杯和酒筹交互错杂。觥，酒杯。筹，酒筹，宴会上行令或游戏时饮酒计数的筹码。⑬［颓然］倒下的样子。

欧阳修自号"醉翁"的由来

庆历新政失败后，范仲淹等人被贬谪，欧阳修因替范仲淹辩解也被贬到滁州。到滁州后，欧阳修为政宽简，给百姓带来便利的同时，自己也有更多时间往返于山水之间。他经常呼朋引伴地到山间林下饮酒取乐。山水怡情，能给他带来美的享受；美酒醉人，能让他忘记自己含冤被贬的愤懑不平。所以他自号"醉翁"，并把经常饮酒览胜的亭子叫作醉翁亭，还写下了这一千古散文名篇。

17

读懂 小古文 爱上 大语文

　　已而夕阳在山,人影散乱,太守归而宾客从也。树林阴翳(yì)[①],鸣声上下,游人去而禽鸟乐也。然而禽鸟知山林之乐,而不知人之乐;人知从太守游而乐,而不知太守之乐其乐[②]也。醉能同其乐,醒能述以文者,太守也。太守谓[③]谁?庐陵[④]欧阳修也。

【注释】①[阴翳]形容枝叶茂密成荫。翳,遮盖。②[乐其乐]以游人的快乐为快乐。③[谓]为,是。④[庐陵]庐陵郡,就是吉州(今江西吉安)。

译文

　　峰峦起伏,环绕着滁州城。城西南方向的那几座山峰上,树林、山谷格外秀美,一眼望去,林木繁茂又幽深秀丽的地方就是琅琊山。顺着山路前行六七里,能渐渐听到潺潺的水声,那从两座山峰之间倾泻而出的一泓清澈的泉水就是酿泉。山势回环,山路曲折,再往前行,眼前会出现一座亭子,高高地矗立在泉水之上,飞翘的亭角就像鸟儿张开的翅膀一样。这座亭子就是醉翁亭。亭子是谁建造的呢?是山上的智仙和尚。亭子的名字是谁取的呢?是太守用自己的别号来命名的。太守和宾客经

常到这里饮酒,喝一点儿就醉了,又想到自己年纪最大,所以就用"醉翁"作为自己的号。醉翁的真正乐趣,不在于饮酒,而在于欣赏这秀丽的山水。欣赏山水美景的意趣,领会在心间,寄托在美酒中。

　　早晨太阳升起,林中的雾气消散;傍晚云雾聚拢,山谷又变得昏暗;早晨由暗转明,傍晚则由明转暗,光线明暗交替,富于变幻,这就是山中早晚的景象。(春天)野花绽放,幽香袭人;(夏天)树木繁茂,树荫浓密;(秋天)天高气爽,霜色洁白;(冬天)水位低落下去,石头露出。这就是山间的四季美景。早晨进山,傍晚归来,欣赏四季不同的风景,乐趣无穷无尽。

　　背着东西的人在路上边走边唱,走累了的人靠在树下休息,前面的人呼喊,后面的人回应,老老少少,来往不断,这就是滁州人游玩

思辨在左,文学在右:宋代古文

读懂 小古文 爱上 大语文

的情形。坐在溪边钓鱼，溪水深静，鱼儿肥美；用酿泉造酒，泉水香甜，酒也清冽；把山里的野味和野菜杂乱地摆在一起，便是太守正在举办的宴席。宴席上的乐趣，不在于动听的音乐；看那投壶的人中了，下棋的人赢了，酒杯和酒筹交错纷乱，众宾客时而站起时而坐下，大声

古代皇帝的年号

年号是中国封建帝王用来纪年的名称。从汉武帝开始，每个皇帝登基后，都有自己的年号。比如唐高祖李渊618年称帝，定年号为"武德"，这一年就是武德元年。"元"是初始的意思，意味着武德年间开始了。第二年（619）为武德二年，以此类推。

开国之君之后继位的皇帝，为了表达对先君的尊重，常从第二年开始改元，比如唐太宗在武德九年（626）八月继位，贞观年间是从第二年（627）开始的。当然这种情况并不绝对，有剧烈变动或重大事件发生时，皇帝会在继位当年就改元。比如宋太宗赵光义于开宝九年（976）十月继位，继位后马上改年号为"太平兴国"，所以976年既可以说是开宝九年，也可以说是太平兴国元年。

值得一提的是，很多皇帝都不止有一个年号，遇到大喜事或重大事件，皇帝就会改个年号，汉武帝有11个年号，历史上唯一的女皇帝武则天的年号更多。

到了明清两代，皇帝们不喜欢再把年号改来改去，一个皇帝只用一个年号，所以人们用年号来称呼皇帝，比如万历、康熙、乾隆都是皇帝的年号。

喧哗，非常欢乐。跟大家一起畅饮的那位容颜苍老、鬓添白发的老者，就是喝醉了的太守。

不久，夕阳落在了半山腰，人影散乱，众人跟随太守踏上归途。此时路边树荫显得更加浓密，鸟儿在树上树下欢快地鸣叫，游人走后鸟儿更欢畅了。鸟儿们能体会到山林间的快乐，却不了解人世间的快乐；人们知道跟着太守游玩很快乐，却不知道太守以大家的快乐为快乐。喝醉了能同大家一起玩乐、清醒了能用文章记述下这件乐事的人，是太守啊。这个太守是谁呢？他就是庐陵的欧阳修。

欣赏文言之美

文章分为两个部分，第一部分重点写景，以醉翁亭为中心，以清丽的笔触描写琅琊山朝暮的变化和四时美景；第二部分重点写游人，以游人之多来衬托琅琊山景色秀丽。在络绎不绝的游客当中，更突出了太守宴饮的热闹和欢乐。

整篇文章就如一首清新自然、婉转流丽的田园诗，作者将悠闲自适的情绪与山水美景融合在一起，营造出了一种和谐、恬淡的意境。作为贬官，欧阳修却以一个"乐"字贯穿文章全篇，写出了山水之乐和以众人之乐为乐这两大人间乐事，既表达了士大夫与民同乐的旷达情怀，又对那些打击、迫害他的人做出了有力反击。

卖油翁

[北宋] 欧阳修

小·档案

出　　处：《归田录》，欧阳修撰写的小说集。
人　　物：陈康肃公，即陈尧咨，谥号康肃。

　　陈康肃公善①射，当世无双，公亦以此自矜（jīn）②。尝射于家圃（pǔ）③，有卖油翁释担④而立，睨（nì）⑤之久而不去。见其发矢⑥十中八九，但微颔（hàn）⑦之。

【注释】①[善]擅长。②[自矜]自夸。③[圃]园子。④[释担]放下担子。释，放下。⑤[睨]斜着眼看，这里形容不在意的样子。⑥[矢]箭。⑦[颔]点头。

　　康肃问曰："汝亦知射乎？吾射不亦精乎？"翁曰："无他，但手熟尔。"康肃忿（fèn）然①曰："尔安②敢轻吾射！"翁曰："以我酌（zhuó）③油知之。"乃取一葫芦置于地，以钱覆其口，徐以杓④酌油沥之，自钱孔入，而钱不湿。因曰："我亦无他，惟手熟尔。"康肃笑而遣⑤之。

【注释】①[忿然]气愤的样子。②[安]怎么。③[酌]舀取，这里指倒入。④[杓]同"勺"。⑤[遣之]让他走。遣，打发。

译文

　　康肃公陈尧咨擅长射箭，高超的技艺在当时独一无二，他本人也为此骄傲，经常夸耀自己。有一天，康肃公在自家园子里练习射箭，一个卖油的老翁放下挑油的担子，斜着眼睛看他，很久都不离去。老翁看到康肃公射十箭能中八九支，也只是微微点点头。

康肃公问他:"你也懂射箭吗?难道我射箭的技艺不精湛吗?"老翁说:"你的箭法也没有什么奥妙,只是手法熟练罢了。"康肃公生气地说:"你竟然敢轻视我射箭的本领!"老翁说:"我是凭着倒油的经验知道的。"说完,他就取来一个葫芦放在地上,用一枚铜钱盖住葫芦口,然后用勺子慢慢地将油注入葫芦。油从铜钱中间的小方孔徐徐流进去,一点儿都没有打湿铜钱。老翁说:"我这手法也没有什么奥妙,就是倒油倒熟练了。"康肃公听完,笑着将老翁打发走了。

欣赏文言之美

这是一篇极为生动的生活小故事。康肃公陈尧咨文武双全,考进士时得了状元,射箭射得特别准。此外,他书法写得也很好,是当时小有名气的书法家。这样一个意气风发、自信满满的人,竟然被一个市井卖油的老人轻视了,所以康肃公忿然变色,斥责老人"尔安敢轻吾射"!

卖油老人此时并没有战战兢兢、跪地求饶,而是不慌不忙地拿出葫芦和一枚铜钱,当场表演倒油。油从铜钱中心的小方孔流入葫芦,一滴都没有溅到铜钱上,这手法把陈大人镇服了。陈大人只得尬笑几声,挥手把老人打发走了。

寥寥数语,就能把人物个性表现得活灵活现;而且,在看似漫不经心的叙述中,文意波折不断,盛气凌人的陈大人与泰然自若的卖油老人形成了鲜明对比,射箭技艺与倒油水平互相映衬,共同说明了"手熟"的道理。

读了这篇古文,我们还应该认识到不管学习哪种技能,要想达到高超的程度,都离不开反复练习。学习也是如此,多复习巩固,知识自然就掌握了。

五代史伶官传序

[北宋] 欧阳修

小·档案

出　处：《新五代史》，由欧阳修修撰。

人　物：古代称歌舞、戏曲演员以及乐工等为伶人，在宫廷中担任官职的伶人叫伶官。

名　句：祸患常积于忽微，而智勇多困于所溺。

　　呜呼！盛衰之理，虽曰天命，岂非人事①哉！原②庄宗③之所以得天下，与其所以失之者，可以知之矣。

【注释】①[人事]人的作为。②[原]推其根本。③[庄宗]后唐庄宗李存勖（885—926），五代后唐的建立者，923年至926年在位。

　　世言晋王①之将终也，以三矢赐庄宗而告之曰："梁②，吾仇也；燕王③吾所立，契丹④与吾约为兄弟，而皆背晋以归梁。此三者，吾遗恨也。与尔三矢，尔其⑤无忘乃父之志！"庄宗受而藏之于庙。其后用兵，则遣从事⑥以一少牢⑦告庙⑧，请其矢，盛以锦囊，负而前驱，及凯旋而纳之。

【注释】①[晋王]李存勖之父李克用（856—908），沙陀部人（他的父亲姓朱邪，名赤心，有功于唐朝，赐姓名为李国昌），因出兵帮助唐朝镇压黄巢起义，受封为晋王。②[梁]指后梁太祖朱温。他原来是黄巢部将，后投降唐朝，赐名全忠，受封为梁王。唐僖宗时，他设计谋杀李克用，李克用也屡次上表请求讨伐他。从此，后梁、后晋之间战争不息，仇恨很深。③[燕王]指刘仁恭。他本来是幽州将领，借李克用的势力夺取幽州，任卢龙节度使。后来刘仁恭归附朱温，他的儿子刘守光开始称燕王，后来称帝。这里称刘仁恭为燕王，是笼统的说法。④[契丹]指契丹首领耶律阿保机。李克用和耶律阿保机订立盟约，结为兄弟，希望共同举兵攻打朱温。后来耶律阿保机背弃盟约，派人和朱温通好。⑤[其]副词，表示祈使语气。⑥[从事]官名，这里泛指一般属官。⑦[一少牢]羊、猪各一头。古代祭祀用牛、羊、猪各一头叫"太牢"，用羊、猪各一头叫"少牢"。牢，祭祀用的牲畜。⑧[告庙]天子或诸侯遇出巡、战争等重大事件而祭告祖庙。

方其系燕父子以组①，函梁君臣之首②，入于太庙，还矢先王，而告以成功，其意气之盛，可谓壮哉！及仇雠（chóu）③已灭，天下已定，一夫夜呼，乱者四应④，仓皇东出，未及见贼而士卒离散，君臣相顾，不知所归，至于誓天断发，泣下沾襟⑤，何其衰也！岂得之难而失之易欤？抑⑥本⑦其成败之迹，而皆自于人欤？《书》⑧曰："满招损，谦得益。"忧劳可以兴国，逸豫⑨可以亡身，自然之理也。

【注释】①[系燕父子以组]用绳索捆绑着刘仁恭、刘守光父子。911年，刘守光自称大燕皇帝。913年，李存勖派兵攻破幽州，俘获刘仁恭及其族人，父子都被处死。组，丝带、丝绳，这里泛指绳索。②[函梁君臣之首]用木匣子装着后梁皇帝、大臣的头。923年，李存勖称帝，建立后唐。同年，后唐军队攻入开封。后梁末帝朱友贞命令部将皇甫麟杀死自己。皇甫麟杀了末帝，随后自杀。函，匣子，

阅读提示

后唐庄宗李存勖一方面善骑射，爱读《春秋》，胆略过人；另一方面，精通音律，极爱戏曲。李存勖宠爱伶人，给他们高官厚禄。李存勖称帝后短短四年就众叛亲离，身死国灭，伶官乱政是一大原因。所以欧阳修重修《五代史》时，专门为伶官作传，这篇文章就是《伶官传》前面的序言。

思辨在左，文学在右：宋代古文

读懂 小古文 爱上 大语文

这里用作动词，用匣子装。③［仇雠］仇人。雠，与"仇"同义。④［一夫夜呼，乱者四应］一个人夜里呼喊，作乱的人四方响应。926年，屯驻在贝州（今河北清河）的后唐军士皇甫晖勾结党羽作乱，后多地驻军相继叛乱。⑤［仓皇东出……泣下沾襟］皇甫晖作乱以后，李存勖从洛阳往东逃，到了万胜镇（在今河南中牟），听说李嗣源（李克用养子，当时已叛变）已经占据大梁（今河南开封），只好命令军队返回。一路上士兵叛逃，失散了一半。至洛阳附近，置酒痛哭。诸将一百多人相对号泣，都截断头发，放在地上，表示誓死以报。⑥［抑］或者，还是。⑦［本］考察，探究。⑧［《书》］指《尚书》。⑨［逸豫］安乐。指李存勖喜好音律，宠用伶人，甚至敷粉画墨，与伶人一起玩乐。

　　故方其盛也，举①天下之豪杰，莫能与之争；及其衰也，数十伶人困之②，而身死国灭③，为天下笑。夫祸患常积于忽微④，而智勇多困于所溺⑤，岂独伶人也哉？

【注释】①［举］全，整个。②［数十伶人困之］伶人郭从谦趁李嗣源攻占大梁，李存勖众叛亲离之际，起兵作乱。李存勖率兵抵御，被乱箭射死。③［国灭］李存勖死后，李嗣源即位（即后唐明宗），虽然他没有另立国号，但是庄宗死后，李克用嫡亲子孙都被杀，也可以说是"国灭"。④［忽微］极小的事。忽，一寸的十万分之一。微，一寸的百万分之一。⑤［溺］沉湎、无节制。

译文

　　唉，国家兴盛和衰亡的道理，虽说有天命的成分，但怎么可能跟人的行为无关呢！推究庄宗李存勖得天下和失天下的原因，就可以明白这个道理了。

　　世人说晋王李克用临死前，把三支箭赐给庄宗，并郑重地告诉他："梁王朱温，是我的仇敌。燕王刘仁恭是我扶植起来的，契丹首领耶律阿保机曾经与我结为兄弟，他们都背叛了我而归附朱温。没有除掉这三个人，是我的遗恨。现在我给你三支箭，你不要忘了我的遗志！"庄宗接过箭，把它们收藏在祖庙里。此后他每次出兵打仗，都派人用一头猪和一只羊祭告祖庙，请出三支箭，用锦囊装好，背在身上冲锋陷阵，得胜归来后，再把三支箭放回祖庙。

当庄宗用绳子捆着燕王父子、用木匣装着梁国君臣的头颅进入祖庙，把三支箭还给先王，向先王禀告功成的时候，他意气风发，是多么豪壮啊！等到仇敌已经消灭、天下已经平定，一个人在夜里振臂一呼，四方作乱的人纷纷响应，庄宗无奈率军东征，还没见到叛军就往回走了。途中，士兵就离散了半数，君臣面面相觑，不知道能回到哪里；以至于大家纷纷割下头发对天发誓，流下的泪水沾湿了衣襟，这时又是多么衰颓狼狈啊！难道是取得天下艰难而失去天下容易吗？还是说推究他成功与失败的轨迹，都是因为人的行为呢？《尚书》中说："自满招来损害，谦虚收获益处。"忧虑辛劳可以让国家兴盛，安乐享受可以让自身灭亡，这是自然的法则呀。

因此，当庄宗实力强盛的时候，全天下的英雄豪杰都没有人能与他抗争；等到他实力衰微的时候，几十个伶人困住他，就让他丧命亡国，被天下人耻笑。可见，祸患常常是由微小的事情累积而成的，勇敢智慧的人往往被自己宠爱的人或物所困扰，难道仅仅宠爱伶人是这样吗？

欣赏文言之美

文章开门见山，将论点鲜明地树立起来——"呜呼！盛衰之理，虽曰天命，岂非人事哉"。紧接着以事实来支持论点，事实就是庄宗李存勖得天下和失天下的过程。这一过程欧阳修写得极富戏剧化，绘声绘色、生动传神，读者仿佛能看到李克用临死前的心有不甘以及李存勖立志完成父亲遗愿的坚定。之后，文势急转直下，用一连串急促的短句，一举道出李存勖身死国灭的可悲结局。一得一失之间形成巨大的落差，读者仿佛乘船浮游在巨浪之中，前一秒刚升到波峰，后一秒就被抛入了谷底，酣畅淋漓，非常过瘾。

之后，欧阳修宕开一笔，援引《尚书》中的句子来说明"忧劳可以兴国，逸豫可以亡身"的道理，并语重心长地指出：祸患常常由微小的事物累积而成，聪明勇敢的人常常被自己宠爱的人或物所困，不只限于宠爱伶人这一项！

欧阳修写这篇文章的时候，北宋的盛世繁华之下已经是危机四伏。欧阳修重修《五代史》，希望当朝皇帝能从五代诸国的兴亡中吸取教训，励精图治，富国强兵。所以每发议论，欧阳修都以"呜呼"开头，忧虑恳切的深情溢于言表，千年之后读来仍然令人感慨不已。

两部《五代史》

中国古代24部纪传体史书中，关于五代时期内容的史书有两部，分别是《五代史》和《新五代史》。《五代史》是宋太祖赵匡胤命令编纂的官修史书，由薛居正监修，多人同修。《新五代史》是欧阳修个人修撰，原名《五代史记》，后世为了区别官修的《五代史》，故称为《新五代史》。

已经有了一部官修《五代史》，欧阳修为什么还要大费周折地重新编写一部呢？在欧阳修看来，五代是一个极其混乱的时期，法度不行，道德沦丧，臣弑君、子弑父比比皆是，为了抨击那些没有礼义廉耻的行为，达到孔子所说的"《春秋》作而乱臣贼子惧"的目的，他决定再修撰一部《五代史》。

苏舜钦：政治斗争的牺牲品

苏舜钦（1008—1049），北宋诗人，字子美，绵州盐泉（今四川绵阳）人，后迁居开封。苏舜钦年少时就因为文章写得好而出名，比欧阳修更早地发起了古文运动，只是因为他政治地位不高，遭遇的阻力又大，所以不如欧阳修的影响大。

1043年，范仲淹、富弼、韩琦等人推行改革，史称"庆历新政"。1044年，进奏院（相当于现在各地的驻京办事处）祭神这天，作为集贤殿校理（负责整理图书的官职）兼管进奏院的苏舜钦，按照往年的惯例，拿卖旧公文纸的钱宴请同事和好友。苏舜钦当时的官职是范仲淹举荐的，而且，苏舜钦的岳父杜衍是当朝宰相，也支持范仲淹等人改革。反对改革的保守派就像猫闻到了腥味，马上跳出来抓住这件事大做文章，弹劾苏舜钦监守自盗、挥霍公款。宋仁宗将苏舜钦削职为民，参与宴会的人也被贬出京城。

苏舜钦离开京城来到苏州，在城南买下一片废园，修沧浪亭，创作了散文名篇《沧浪亭记》。几年后苏舜钦上书为自己申辩，复官湖州长史，但他还没来得及上任就去世了。一代才子英年早逝，令人叹息。

思辨在左，文学在右：宋代古文

沧浪亭记

[北宋] 苏舜钦

> **小档案**
>
> 出　处：《苏舜钦集》。
> 沧浪亭：名字取自《楚辞·渔父》："沧浪之水清兮，可以濯我缨；沧浪之水浊兮，可以濯我足。"歌词的意思是君子不可凝滞于物，要根据形式的变化调整自己，政治清明，就出来做官；朝廷昏聩，就选择隐居。

予以罪废，无所归。扁舟南游，旅于吴中①，始僦（jiù）②舍以处。时盛夏蒸燠（yù）③，土居皆褊（biǎn）④狭，不能出气，思得高爽虚辟之地，以舒所怀，不可得也。

【注释】①[吴中]地名，今江苏苏州一带，苏州旧称吴郡。②[僦]租赁。③[燠]暖、热。④[褊]狭小、狭隘。

一日过①郡学②，东顾草树郁然，崇阜③广水，不类④乎城中。并（bàng）水⑤得微径于杂花修竹之间。东趋数百步，有弃地，纵广合五六十寻⑥，三向皆水也。杠（gāng）⑦之南，其地益阔，旁无民居，左右皆林木相亏蔽。访诸旧老，云钱氏有国⑧，近戚孙承右⑨之池馆也。坳（ào）⑩隆⑪胜势，遗意尚存。予爱而徘徊，遂以钱四万得之，构亭北碕（qí）⑫，号"沧浪"焉。前竹后水，水之阳又竹，无穷极。澄川翠干，光影会合于轩⑬户⑭之间，尤与风月为相宜。予时榜（bàng）⑮小舟，幅巾⑯以往，至则洒然忘其归。觞⑰而浩歌，踞⑱而仰啸，野老不至，鱼鸟共乐。形骸既适则神不烦，观听无邪则道以明；返思向之汩汩荣辱

30

之场，日与锱铢（zī zhū）�19利害相磨戛（jiá）²⁰，隔此真趣，不亦鄙²¹哉！

【注释】①[过]拜访。②[郡学]指苏州官立学校。③[崇阜]高山。阜，土山。④[类]像。⑤[并水]沿水前行。并，通"傍"。⑥[寻]古代长度单位，八尺为一寻。⑦[杠]独木桥。⑧[钱氏有国]指五代十国时期钱镠建立的吴越国。⑨[近戚孙承右]即孙承祐。他的姐姐是吴越王钱俶的妃子，所以说孙承祐是近戚。⑩[坳]山间平地。⑪[隆]高，凸起。⑫[碕]同"埼"，弯曲的水岸。⑬[轩]窗。⑭[户]门。⑮[榜]船桨，代指船。这里作动词，驾船。⑯[幅巾]古代男子用一幅绢束头发，称为幅巾，这里指穿着随意、闲散。⑰[觞]酒杯。这里作动词，饮酒。⑱[踞]坐。⑲[锱铢]古代重量单位，六铢等于一锱，四锱等于一两。比喻很少的钱或很小的事情。⑳[磨戛]摩擦撞击。㉑[鄙]庸俗，浅陋。

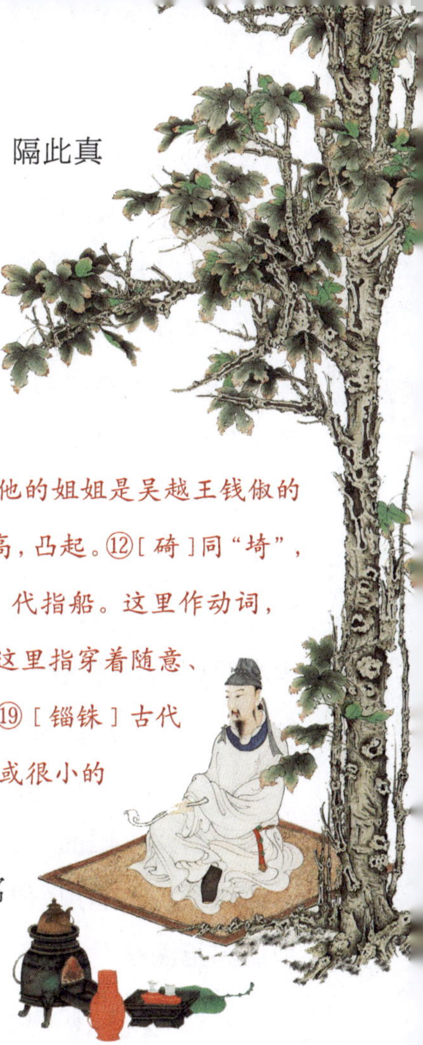

噫！人固动物①耳。情横于内而性伏，必外寓于物而后遣。寓久则溺②，以为当然；非胜是而易③之，则悲而不开。惟仕宦溺人为至深。古之才哲君子，有一失而至于死者多矣，是未知所以自胜之道④。予既废而获斯境，安于冲旷⑤，不与众驱，因之复能乎内外失得之原，沃然⑥有得，笑闵⑦万古。尚未能忘其所寓目，用是以为胜焉！

【注释】①[动物]受外物所感而动。②[溺]沉迷。③[易]替换。④[自胜之道]战胜自己的方法。⑤[冲旷]淡泊旷达。⑥[沃然]受启发而有所领悟。⑦[闵]通"悯"，怜恤、怜悯。

译文

我因为获罪被贬为平民，没有地方可去，就驾一叶扁舟南游，旅居吴

读懂 小古文 爱上 大语文

地,先租房居住。时值盛夏,天气炎热,土屋狭小,我感觉透不过气来,想找一块地势高又舒爽、空旷、僻静的地方,来疏解心怀,却找不到。

　　一天我去拜访当地学校,向东看到一片草树郁郁葱葱,还有高高的山岗、宽阔的水面,跟城中的狭窄拥挤截然不同。我沿水面前行,发现一条各色野花与翠竹掩映的小路;沿小路向东走几百步,发现了一片荒地,长宽有五六十寻,三面临水。一座独木小桥的南面,地势更加开阔,旁边没有民居,四周林木环绕遮蔽。我寻访这里的老人,老人说这里曾经是吴越王的贵戚孙承祐的园子。从高低起伏的地势上依稀可见当年的遗迹。我因为喜爱这里而徘徊良久,后来以四万钱买下这座废园,在北边弯曲的水岸上建造了一座亭,取名"沧浪亭"。亭的前面是一片翠竹,后面是一泓清波,水的北面又是竹林,一片青翠,看不

阅读提示

　　虽然都是因为改革而遭贬,但是苏舜钦比范仲淹和欧阳修所受的伤害更大。只因支持改革,就被他人诬告,直接被贬为平民,他内心激愤不已,伤痛无以复加。他流落苏州,借沧浪亭这个僻静清幽的所在舒解心怀。

到尽头。澄澈的小河、翠绿的竹子,日光竹影斑驳错杂地映在门窗上,与清风明月相得益彰,更加宜人。我常常穿便服、驾小船到亭上畅快游玩,流连忘返。我在这里或把酒高歌,或仰天长啸,也难见村野老人踪影,唯有与鱼、鸟同乐。我的身体安适舒畅,心神也不再烦躁,每天所见所闻都至真至纯,人生的道理自然就清晰明朗起来;反观我之前身处名利场,每天都在微不足道的得失之间权衡计较,体会不到这种纯真的意趣,不是太庸俗了吗!

唉,人本来就很容易被外界事物所触动。感情充塞在内心而天性抑伏,必定要寄寓于外物而后得到排遣。感情寄寓于某事物一长久,就容易沉迷其中,认为一切都是理所当然;如果没有胜过它的事物去替换,就会悲哀而无法排解。在所有令人沉迷的事物里,官场是误人最深的。自古以来,太多有才有德之士因为官场一时的失意而抑郁至终,都是因为他们没有悟到超越自己、战胜自我的方法。我获罪丢官后得到这个胜境,安于淡泊,心胸逐渐开阔舒朗,不再与众人一起钻营,因而对于物我、得失这些问题的本质有了更深的体悟,足以笑傲古人。如果还有难以忘怀的官场烦恼,就借这沧浪亭的幽境美景来达到超越解脱吧!

欣赏文言之美

这篇散文是苏舜钦在苏州买地筑亭后所写,真实地记录了一个文人横遭政治迫害后的心路历程。文章先抑后扬,开头先写居住环境的恶劣,暗

读懂 小古文 爱上 大语文

示自己无法排解的愤懑心情，为后面买地筑亭做铺垫，同时也衬托了沧浪亭的舒爽秀丽。第二段中，作者记叙自己发现和购置空地并筑亭的经过，重点描写沧浪亭的清幽景致和游玩其中的闲适、自由，写景清新自然，与柳宗元的山水游记格调相仿。第三段中，作者进一步抒发感慨，谈仕途之险以及解脱之道，议论深刻，体现了宋代散文长于说理的特点。全文笔墨酣畅，转合自如，触景生情，由情入议，相得益彰。写景富有诗情画意、抒情真挚恳切、议论深刻精辟，是本文的显著特色。

我们不妨将此文与《岳阳楼记》和《醉翁亭记》对照来看：《岳阳楼记》悲凉中不乏慷慨豪壮，令人奋起；《醉翁亭记》忧郁中更有欢快热闹，快乐足以冲淡忧伤；《沧浪亭记》虽然努力写得超脱旷达，但还是难掩凄清与寂寥。

沧浪亭

【北宋】苏舜钦

一径抱幽山，居然城市间。高轩面曲水，修竹慰愁颜。
迹与豺狼远，心随鱼鸟闲。吾甘老此境，无暇事机关。

一条小路环绕着清幽的山丘，高高的廊轩面对着弯曲的流水，诗人面对茂林修竹，心中的愁怨才能减轻一些。在这里，他远离那些居心叵测的小人，心情随鱼鸟起伏，觅得片刻悠闲。诗人厌倦了官场的钻营倾轧，甘愿终老于幽静的沧浪亭。

苏洵：一个学渣的逆袭

苏洵（1009—1066），北宋散文家，字明允，眉州眉山（今四川眉山）人。苏洵小时候很聪明，但调皮贪玩，不爱学习，父亲对他也很宽厚，不怎么约束他。青少年时的苏洵依然不爱学习，四处游山玩水。

长大后的苏洵去参加乡试考举人，没有考中，这对他刺激很大，从此他决心发愤读书，这一年他27岁。蒙学经典《三字经》中有几句讲的就是苏洵的故事："苏老泉，二十七，始发愤，读书籍。彼既老，犹悔迟，尔小生，宜早思。"

1056年，苏洵带两个儿子苏轼、苏辙到京城应试，去拜见欧阳修。欧阳修对苏洵写的散文非常赞赏，向朝廷推荐苏洵，苏洵的散文也在京城的公卿士大夫中争相传阅，名声大噪。1057年，苏轼、苏辙两兄弟双双考中进士，苏家父子三人轰动京城。

后来，苏洵经人举荐被任命为秘书省校书郎，还同姚辟一起修撰了礼书《太常因革礼》。

思辨在左，文学在右：宋代古文

六国论

[北宋] 苏洵

小·档案

出　　处:《嘉祐集笺注》。
文　　体:史论。

　　六国①破灭,非兵②不利,战不善,弊在赂秦③。赂秦而力亏,破灭之道也。或曰④:六国互丧⑤,率⑥赂秦耶?曰:不赂者以赂者丧。盖失强援,不能独完⑦。故曰:弊在赂秦也。

【注释】①[六国]战国末期与秦国并立的六个诸侯国,包括齐、楚、燕、韩、赵、魏,后来陆续被秦国消灭。②[兵]兵器。③[赂秦]以财物赠予秦国,这里指向秦割地求和。赂,赠送财物。④[或曰]有人说。⑤[互丧]相继灭亡。⑥[率]全都,一概。⑦[完]保全。

　　秦以攻取之外,小则获邑,大则得城。较秦之所得,与战胜而得者,其实百倍;诸侯之所亡,与战败而亡者,其实亦百倍。则秦之所大欲,诸侯之所大患,固不在战矣。思厥先祖父①,暴(pù)霜露②,斩荆棘,以有尺寸之地。子孙视之不甚惜,举以予③人,如弃草芥。今日割五城,明日割十城,然后得一夕安寝。起视四境,而秦兵又至矣。然则诸侯之地有限,暴秦之欲无厌,奉之弥繁,侵之愈急。故不战而强弱胜负已判④矣。至于颠覆,理固宜然。古人云:"以地事秦,犹抱薪救火,薪不尽,火不灭。"此言得之。

【注释】①[厥先祖父]他们的祖辈父辈。厥,相当于"其"。祖父,泛指祖辈、父辈。②[暴霜露]暴露在霜露之中。和下文的"斩荆棘"连起来,形容创业的艰苦。暴,同"曝"。③[予]给。④[判]决定,确定。

齐人未尝赂秦,终继五国迁灭①,何哉?与嬴②而不助五国也。五国既丧,齐亦不免矣。燕赵之君,始有远略,能守其土,义不赂秦。是故燕虽小国而后亡,斯用兵之效也。至丹以荆卿为计,始速祸焉③。赵尝五战于秦,二败而三胜。后秦击赵者再,李牧④连却之。洎(jì)⑤牧以谗诛,邯郸为郡,惜其用武而不终也。且燕赵处秦革灭殆尽之际,可谓智力孤危,战败而亡,诚不得已。向使三国⑥各爱其地,齐人勿附于秦,刺客不行,良将犹在,则胜负之数,存亡之理,当与秦相较⑦,或未易量。

【注释】①[迁灭]灭亡。②[与嬴]亲附秦国。与,亲附、亲近。③[至丹以荆卿为计,始速祸焉]等到燕太子丹用荆轲(刺秦王)作为(对付秦国的)策略,才招致祸患。《史记》记载,荆轲刺秦王未成,秦王大怒,发兵灭燕。荆卿,荆轲,即下文提到的"刺客"。速,招致。④[李牧]赵国大将,曾几次打退秦军。公元前229年,秦将王翦攻赵,李牧率兵抵抗,赵王中了秦的反间计,杀李牧。第二年,王翦破赵军,虏赵王,灭赵国。下文的"邯郸为郡"即指秦灭赵,把赵国都城邯郸一带改为秦的邯郸郡。⑤[洎]及,等到。⑥[三国]指韩、魏、楚三国。这三国都曾经割地赂秦。⑦[较]较量。

呜呼!以赂秦之地封天下之谋臣,以事秦

阅读提示

1005年,宋与辽签订澶渊之盟,宋每年要给辽十万两白银,二十万匹绢。1044年,宋又和西夏签订和议,西夏向宋称臣,宋每年赏赐给西夏五万两白银、十三万匹绢、二万斤茶叶。苏洵借战国末期秦灭六国的故事,痛陈诸侯国赂秦之害,借古讽今,对当权者进行规劝,希望其改弦易辙,增强国力,与敌国斗争。

之心礼天下之奇才，并力西向，则吾恐秦人食之不得下咽也。悲夫！有如此之势，而为秦人积威之所劫①，日削月割，以趋于亡。为国者无使为积威之所劫哉！

【注释】①［劫］胁迫，挟持。

夫六国与秦皆诸侯，其势弱于秦，而犹有可以不赂而胜之之势。苟以天下之大，下①而从六国破亡之故事②，是又在六国下矣。

【注释】①［下］降低身份。②［故事］旧事。

译文

六国灭亡，不是因为他们兵器不锋利，仗打得不好，弊病在于贿赂秦国。贿赂秦国会使自己的实力受损，才是灭亡的原因。有人会问："六国先后灭亡，难道都是因为贿赂秦国吗？"我回答说："不贿赂秦国的国家因为贿赂秦国的国家而灭亡。"因为前者失掉了强有力的外援，不能独自保全。所以说，六国灭亡的弊病在于贿赂秦国。

秦国除了通过战争夺取领土之外，还接受各诸侯国的贿赂，小则得到一座镇，大则得到一座城。把秦国接受贿赂获得的土地与因为战胜他国而夺取的土地相比较，前者是后者的百倍；把各诸侯国因贿赂秦国而失去的土地与因战败而失去的土地相比较，前者是后者的百倍。秦国最想要的和其他诸侯国最担心的，本来就不在于战事。想想各诸侯国的先王和祖辈，他们顶寒霜、冒风雨，披荆斩棘，才有了那一点儿土地。子孙不知道珍惜，动不动就送给别人，就像扔掉草籽一样随意。依靠今天割让给秦国五座城、明天又割让给秦国十座城，换得睡一晚安稳觉。早晨起来看看四周，秦兵又来进犯了。尽管如此，诸侯国的土地是有限的，而秦国的贪欲是无限的，割让给它的土地越多，它侵扰边境就越急迫。所以说，仗还没有打，双方的强弱胜负就已经确定了。最后诸侯国灭亡，自然也是这个道理。古人说：

"用土地贿赂秦国，就像抱着柴去救火，柴烧不完，火就灭不了。"这句话说得对啊！

齐国没有贿赂秦国，最后也随着其他五个国家灭亡了，为什么呢？因为齐国与秦国交好而不帮助其他五国。五国都灭亡了，齐国也不能幸免。燕国、赵国的国君开始有长远的打算，能坚守自己的土地，不贿赂秦国。所以燕国虽然很小，却是后来才灭亡的，这就是用兵抗秦的效果。后来燕太子丹派荆轲刺杀秦王，这一举动才招来了祸患。赵国曾经跟秦国作战五次，败了两次胜了三次。后来秦国接连两次进攻赵国，都被李牧打退；等到李牧因谗言被杀害，赵国的都城邯郸沦为秦国的一个郡，我们只能叹息赵国武力抗秦没能坚持到底。而且，燕国和赵国处于秦国即将把其他国家全部消灭的时候，智计穷竭，势单力孤，战败亡国也是不得已的事。假如楚、韩、魏三国都爱惜自己的土地，齐国也不依附于秦国，荆轲不去刺杀秦王，李牧没有蒙冤被害，那么六国胜负的结局、存亡的定数，与秦国较量，或许还不一定能衡量出来呢。

唉，假如六国能用贿赂秦国的土地来分封天下的谋臣，用交好秦国的诚心来礼遇天下的人才，联合起来共同向西抗秦，我猜秦国人忧虑得连吃饭都难以下咽了吧。可悲啊，六国有如此有利的形势，却被秦国积累的威势吓怕，不断把土地、钱财送给秦国，最终导致灭亡。统治国家的君主千万不要被别人的威势所胁迫啊！

读懂 小古文 爱上 大语文

六国和秦国都是诸侯国,六国的实力比秦国弱,尚且有不贿赂秦国而战胜它的机会。如果以当今偌大的天下,去步六国的后尘,就还不如六国了。

欣赏文言之美

文章开宗明义,斩钉截铁地亮出观点——"六国破灭,非兵不利,战不善,弊在赂秦",否定了武器装备及战斗能力方面的原因,用否定加强肯定,指出六国灭亡的真正原因在于"赂秦"。论点虽然平实,但铿锵有力、掷地有声,隐隐有风雷之气。接下来,苏洵进一步深化论点,"赂秦而力亏,破灭之道也"。为了使论证更加严密,他还补充:"不赂者以赂者丧。盖失强援,不能独完。"

文章第二段具体论证韩、魏、楚三国因为贿赂秦国而日削月割、逐渐消亡的事实,既有整饬的长句,又有简洁有力的短句,议论中还夹杂生动鲜明的叙述,具有极强的画面感和感染力。

第三段论证齐、燕、赵三国虽然没有赂秦,但也终致亡国的原因,

指出齐亡于与秦交好而不救五国，燕亡于急于求成、任用刺客，赵亡于错杀良将，脉络清晰，逻辑严谨。

第四段总结上文，论保全六国的方法：重用谋臣、延揽人才、并力西向、联合抗秦。在文章的末尾，苏洵把宋王朝同六国作比较，指出："苟以天下之大，下而从六国破亡之故事，是又在六国下矣。"

本文论点鲜明，论证严密，逻辑严谨，言之成理；语言纵横恣肆，酣畅淋漓，一气呵成，堪称议论文的典范。

富而不强的北宋

中国历史上的北宋王朝，经济发达、文化繁荣、百姓生活也富庶，但在与辽和西夏的对峙中一直处于被动挨打的地位。北宋的富而不强，其实从建国之时就埋下了种子。

一是北宋并没有完成真正的统一。北宋建国之初，与辽和西夏并存；后来金国崛起，联合北宋灭了辽国后，局势又变成北宋、西夏和金并存。五代时期，石敬瑭把幽云十六州割让给辽国，使中原政权丧失了抵抗北方少数民族的天然屏障。赵匡胤建宋之初想收复幽云十六州而不得。

二是北宋采用重文轻武的政策。960年，赵匡胤黄袍加身发动兵变，从后周小皇帝手里抢过了皇位。他害怕其他武将也学他，就让文臣担任军政要职，对武将的权力进行抑制。所以北宋的军事力量一直比较弱。

周敦颐：莲花一样的男人

周敦颐（1017—1073），字茂叔，号濂溪，道州营道（今湖南道县）人，北宋著名理学家，也是理学大师程颐和程颢的老师。

理学是一种哲学思想，起源于两宋，盛行于元、明，清中期以后逐渐衰落，但其影响一直延续到近代。周敦颐是宋朝理学思想的奠基人，提出了一个系统的宇宙构成论，认为"无极而太极"，"太极"于一动一静中产生阴阳万物，人类在自然界的万物中是最优秀、最智慧的。周敦颐强调人一定要"诚"，要加强道德修养，要品德高尚。

周敦颐一生都在践行他所推崇的"诚"。他官职虽然不高，但清廉刚正，光明磊落，明断狱案，受到百姓交口称赞。他刚到分宁县主簿任上，就断了一件久拖不决的疑案，令众人惊叹不已。他调任南安军司理参军时，有一个囚犯罪不至死，但转运使王逵想处死囚犯。王逵是出了名的悍吏，别人都不敢说话。周敦颐却据理力争，把笏板一扔，打算弃官而去，说："让我杀人来取悦上级，我是不会干的。"王逵醒悟过来后，这个囚犯免于一死。

周敦颐酷爱莲花，为人也像莲花一样高洁，出淤泥而不染。

爱莲说

[北宋] 周敦颐

小·档案

出　　处：《周敦颐集》。

名　　句：出淤泥而不染，濯清涟而不妖。

　　水陆草木之花，可爱者甚蕃（fán）①。晋陶渊明②独爱菊。自李唐③来，世人甚爱牡丹。予独爱莲之出淤泥而不染，濯（zhuó）④清涟（lián）⑤而不妖⑥，中通外直⑦，不蔓不枝⑧，香远益清，亭亭净植，可远观而不可亵（xiè）玩⑨焉。

【注释】①［蕃］多。②［陶渊明（365—427）］一名潜，字元亮，浔阳柴桑（今江西九江附近）人，东晋诗人。③［李唐］指唐朝。唐朝的皇帝姓李，所以称为"李唐"。④［濯］洗。⑤［涟］水波。⑥［妖］过分艳丽。⑦［中通外直］（莲的茎）内部贯通，外部笔直。⑧［不蔓不枝］不横生藤蔓，不旁生枝茎。蔓、枝，都是名词用作动词。⑨［亵玩］靠近玩弄。亵，亲近而不庄重。

　　予谓菊，花之隐逸者也；牡丹，花之富贵者也；莲，花之君子者也。噫（yī）①！菊之爱，陶后鲜（xiǎn）②有闻。莲之爱，同予者何人？牡丹之爱，宜③乎众矣。

【注释】①［噫］叹词，表示感慨。②［鲜］少。③［宜］应当。

译文

　　生长在水里和陆地上的各种草木花卉，值得人们喜爱的品种有很多。东晋的陶渊明唯独喜爱菊花。自唐朝以来，人们非常喜爱牡丹。我唯独喜欢莲花，它们从淤泥中长出却不沾染污秽，在清波中摇曳又不显得妖媚；

读懂 小古文 爱上 大语文

它们的茎内部贯通、外部笔直，不横生藤蔓也不旁生枝茎；它的花香传得距离越远，就越清醇；它亭亭玉立在水中，人们只能远远地观赏，不能靠近把玩。

在我看来，菊花，是花中的隐士；牡丹，是世间的富贵花；莲，是花中的君子。唉，喜欢菊花的人，从陶渊明之后就很少听说了。同我一样喜欢莲花的，是什么样的人呢？要说喜欢牡丹的人，那应当太多了。

欣赏文言之美

《爱莲说》是周敦颐撰写的一篇议论性小散文。他以莲喻君子，以莲品凸显人品，构建出心中君子的理想品格，是莲颂，更是一篇君子颂歌。

在文章中，周敦颐将三种花比作三类人。菊花代表遗世独立的隐士，牡丹代表在世俗中追求富贵的人，莲花代表品德高尚的君子。隐士洁身自好，孤标傲世，"不为五斗米折腰"，具备高尚的气节和情操。但真正的隐士太少了，自陶渊明之后就很难见到了。富贵者追名逐利，在世俗中随波逐流，看似花团锦簇，却难免空虚媚俗。君子干净耿直，自尊自爱，不

被污浊的环境影响，有本事却从不炫耀，这种品格和气度是周敦颐最为推崇的。

这篇寥寥百余字的文章中，周敦颐运用了对比、拟人等修辞手法，言辞简练，意蕴丰富，读来琅琅上口，一气呵成。

周敦颐与莲花

周敦颐十几岁时父亲去世，母亲带他投奔舅舅龙图阁学士郑向。因为周敦颐聪慧仁孝，舅舅非常喜爱他。舅舅看周敦颐极爱莲花，就在家宅门前的西湖畔（在今湖南衡阳）种莲筑亭。莲花开时，红白相间，芳香四溢，周敦颐经常漫步莲花间，读书思考。

周敦颐晚年知南康军时，也在南康府署一侧挖池种莲，按照自己的心意把莲池叫作爱莲池。每到盛夏，一池荷花竞相开放，清风徐来，缕缕清香沁人心脾。周敦颐常常漫步池畔，或醉心地欣赏，或专注地思考……

思辨在左，文学在右：宋代古文

读懂 小古文 爱上 大语文

曾巩：低调务实的才子

曾巩（1019—1083），字子固，建昌军南丰（今属江西）人，北宋文学家。

曾巩天资聪颖，幼时读诗词，脱口成诵，十二岁就能作文。十八岁时，曾巩赴京赶考，深得欧阳修赏识，自此闻名天下。但曾巩擅长写策论，不善于写应试的时文，所以几次考试都落榜。直到欧阳修主持会试，坚持以古文和策论为主、诗赋为辅命题，曾巩才考中进士。他写的散文淳朴自然，章法严谨，引古论今，纵横捭阖，是"唐宋八大家"作品中的典型。

在仕途上，曾巩没有位极人臣，也没有耀眼的履历，而是辗转七八个州，长期担任地方官。当时不少人认为满腹才华的曾巩命运不济、时运不佳，但曾巩对此看得很淡，不论在哪里任职，他都勤政务实，坚持"为官一任、造福一方"，深受百姓爱戴。

曾巩曾在欧阳修的举荐下负责整理、编校古书，勘定出《战国策》《说苑》《李太白集》等大量古书，并撰写大量序文。

墨池记

[北宋] 曾巩

小·档案

出　　处：《元丰类稿》。

坐　　标：墨池，相传位于宋朝抚州临川郡（今江西临川）城东，为王羲之洗笔砚处。今天展现在人们面前的墨池，是在距原址几十米处重修的。

　　临川之城东，有地隐然①而高，以临于溪，曰新城。新城之上，有池洼然②而方以长，曰王羲之③之墨池者，荀伯子④《临川记》云也。羲之尝慕张芝⑤，临池学书，池水尽黑，此为其故迹，岂信然耶？

【注释】①[隐然]突起的样子。②[洼然]低深的样子。③[王羲之]东晋有名的大书法家，世称"书圣"。④[荀伯子]南朝宋人，曾任临川内史，著有《临川记》六卷。⑤[张芝]东汉末年书法家，善草书，世称"草圣"。王羲之曾在给别人的书信中提到张芝。

　　方羲之之不可强以仕①，而尝极②东方，出沧海，以娱其意于山水之间；岂有徜徉肆恣，而又尝自休于此耶？羲之之书晚乃善③，则其所能，盖亦以精力自致④者，非天成也。然后世未有能及者，岂其学不如彼耶？则学固岂可以少哉，况欲深造道德⑤者耶？

【注释】①[不可强以仕]《晋书·王羲之传》记载，骠骑将军王述，曾与王羲之齐名，但王羲之不喜欢王述。王羲之任会稽内史时，朝廷任命王述为扬州刺史，管辖会稽郡。王羲之觉得在王述手下做官很羞耻，辞官归隐，迁居会稽金庭（今浙江绍兴），寄情山水，再不出仕。②［极］穷尽。③［善］好。④［致］取得，达到。⑤［深造道德］在道德修养方面深造，指在道德修养上有很高造诣的人。

读懂 小古文 爱上 大语文

墨池之上，今为州学舍①。教授②王君盛恐其不章③也，书"晋王右军④墨池"之六字于楹间⑤以揭⑥之。又告于巩曰："愿有记。"推王君⑦之心，岂爱人之善，虽一能⑧不以废，而因以及乎其迹邪？其亦欲推其事以勉其学者邪？夫人之有一能而使后人尚之如此，况仁人庄士⑨之遗风馀思被⑩于来世者何如哉！庆历八年九月十二日，曾巩记。

【注释】①［州学舍］抚州州学的校舍。②［教授］宋朝官名，主管学政和教育所属生员。③［章］显著。④［王右军］王羲之做过右军将军，后世称他为"王右军"。⑤［楹间］柱子中间。楹，房屋前面的柱子。⑥［揭］挂起，标出。⑦［王君］即上文提到的王盛。⑧［一能］一技之长，指王羲之的书法。⑨［仁人庄士］品德高尚、端重、正直的人。⑩［被］影响到。

译文

在临川城东，有一块微微突起的高地，靠近溪流，叫作新城。新城上面，有一个低深的长方形池子，据说是王羲之洗笔砚的墨池，荀伯子在《临川记》中是这么说的。王羲之曾经很仰慕张芝在池边练书法、洗笔砚把池水都染黑的刻苦精神，（现在说）这里是王羲之临池学书的遗址，难道是真的吗？

王羲之不愿勉强为官，曾经遍游东方，乘船出海，在山水间怡然自乐。莫非他在尽情率性地游山玩水时，曾在这里停留过？王羲之的书法到他晚年时才特别好，他能达到如此境界，靠的也是刻苦精神和坚强毅力，不是天生的。后世文人

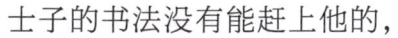

思辨在左，文学在右：宋代古文

士子的书法没有能赶上他的，是不是因为后人学习没有他刻苦呢？学习怎么可以偷懒、舍不得下功夫呢，更何况那些想在道德修养方面日益精进、达到很高造诣的人了？

墨池上面，现在是州学的校舍。教授王盛唯恐人们不知道这个池子，就写了"晋王右军墨池"六个大字挂在屋前的两柱之间。他又对我说："希望先生为此写一篇文章。"推想王君的良苦用心，是不是因为爱惜人们的长处，即使只有一技之长也不肯让其埋没，所以才由王羲之的书法关注到了他的遗迹呢？王君大力推介墨池，为的是勉励学员刻苦学习吧？人有了一项杰出的技能就会被后世的人们推崇到如此地步，至于那些品德高尚、行为端庄的人留下的美好风范，对于后世的影响就更不用说了！

欣赏文言之美

关于王羲之的墨池遗迹，历来有不同说法，除了文中提到的临川，在临沂、会稽、永嘉、庐山等地据说都有王羲之的墨池遗址。所以曾巩在文章开篇叙述了临川城东墨池的状貌，然后转入考证环节，人们说这里是王羲之的墨池，到底可信不可信呢？

曾巩从三个方面考证，可谓要言不烦。一是荀伯子在《临川记》中的记载；二是王羲之对于张芝的仰慕，他曾在跟人书信往来时表示自己也要向张芝学习，"临池学书，池水尽黑"；三是结合王羲之的

读懂 小古文 爱上 大语文

个人经历，他辞官后曾遍游东方，流连山水，可能在游山玩水时曾在临川停留，遂有了这一墨池遗址。一番考证后，曾巩干脆利落地转入了立论，指出王羲之书法"晚乃善"，是勤学苦练的结果，不是天生的，进而勉励人们努力求学，"深造道德"。

文章最后一段，曾巩从墨池上方的州学校舍入笔，感叹州学教授王盛推介墨池的良苦用心，劝勉世人要擅长"一能"，更要以"仁人庄士"为楷模，做个品学兼优的人。这番感叹与第二段的"深造道德"等句遥相呼应，深化了文章主旨。

一篇不满三百字的小记，竟容纳了这么丰富的内容，不得不让人感叹曾巩作文的简洁凝练、章法严谨。虽然主旨是劝人努力学习、加强道德修养，属于传统的道德文章，但文章通篇没有板起面孔教训人，而是如同朋友谈心般娓娓道来，让读者在诵读美文的同时，不知不觉地接受了他的观点。

曾巩带领百姓抗疫

曾巩出任洪州（今江西南昌）知州时，适逢江西爆发大瘟疫。曾巩迅速调配防疫物资，命令各县、镇准备防疫。感染疫病的人越来越多，他就把官舍腾出来，给染病的士兵和染病后无力自养的百姓住，还分派医生给他们治病，免费给他们提供饮食和衣被。他派人记录疫情，将染病和没染病的都登记造册，及时汇总，并调拨资金，按轻重缓急发放救济款。这些措施极大地遏制了疫病的流行，为百姓做了实事。

司马光：功过留与后人评说

司马光（1019—1086），字君实，号迂叟，北宋政治家、史学家，陕州夏县（今属山西运城）人。司马光一生中做了两件大事，一是编写编年体史学巨著——《资治通鉴》，二是废除王安石推行的新法。

北宋中期，外部有辽和西夏的威胁，内部国库空虚、财政吃紧。1069年，宋神宗任用王安石开始变法。司马光和王安石原是好友，但二人思想不同。王安石主张开源，司马光主张节流，所以司马光激烈地反对王安石变法。眼看改变不了神宗和王安石，司马光自请去洛阳挂职，专修史书，历时十五年完成了巨著《资治通鉴》，记载了从战国到五代共一千三百六十二年间的史事。

宋神宗死后，年幼的宋哲宗继位，由其祖母皇太后当政。皇太后反对变法，就把司马光调回了京城。此时，变法已经对国家产生了一些积极影响，如国库慢慢充实起来，跟西夏打仗也打赢了。但司马光不管这些，近乎偏执地将新法全部废除，还对支持王安石变法的官员进行打击报复，使变法十几年来取得的成果付之东流。

司马光做人清正廉洁、谦恭俭朴，勤奋刻苦、著作等身，在当世享有崇高的声望，堪称儒家教化的典范。但后世不少人对于他尽废新法的行为持反对意见，认为他一手断送了北宋富国强兵的机会，为北宋灭亡埋下了祸根。

读懂 小古文 爱上 大语文

司马光

《宋史》

小·档案

出　处：《宋史》，这部史书是元朝末年由丞相脱脱和阿鲁图先后主持修撰。

群儿戏于庭，一儿登瓮①，足跌没水中。众皆弃去，光②持石击瓮破之，水迸③，儿得活。

【注释】①[瓮]口小肚大的陶器，可以用来储水、储物。②[光]指司马光。③[迸]涌出。

译文

一群小孩子在院子里嬉戏玩耍，一个孩子爬到大水瓮上面，不小心掉了进去，被水淹没。其他孩子吓得纷纷逃散，司马光抱起一块大石头，猛地砸破了大瓮，水流了出来，孩子得救了。

思辨在左,文学在右:宋代古文

欣赏文言之美

司马光小时候喜欢听大人讲《左氏春秋》,小小年纪就显示出惊人的智慧。砸缸救人的故事发生在他七岁时,轰动了汴京和洛阳。

选文从故事的起因"群儿戏于庭"写起,后发展为"一儿登瓮,足跌落水中",这时主人公急中生智,使故事发展到高潮——"光持石击瓮破之",最后"儿得活"。短短三十个字,将文言文简洁生动的特点淋漓尽致地表现了出来。选文还用其他孩子都慌乱害怕地"弃去",来反衬司马光的镇定、有急智,说明司马光从小就有过人之处。那他长大后能够取得辉煌成就也就顺理成章了。

司马光拒纳妾

司马光的夫人张氏早年生下两个儿子,但先后夭折。张氏年龄越来越大却膝下无子,就劝说司马光纳妾,延续香火。但司马光置之不理,张氏只能另想办法。有一天,张氏安排了一个年轻貌美的女子去书房伺候司马光,可是女子刚进去就被赶了出来。还有一次,司马光陪张氏回娘家,张氏提前在花园中安排了一个女子,等司马光吃完饭独自在花园中休息时让女子上前伺候。谁知,司马光见到女子过来,很不客气地对她说:"我夫人现在不在身边,你离我远一点儿。"女子只得羞惭退下了。司马光坚持不纳妾,也没有子嗣,后来过继了大哥的一个儿子,悉心教导。此人就是司马康。

君子用人如器

[北宋] 司马光

小档案

出　处：《资治通鉴》。
名　句：君子用人如器，各取所长。

上^①令封德彝^②举贤，久无所举。上诘^③之，对曰："非不尽心，但于今未有奇才耳！"上曰："君子用人如器，各取所长。古之致治^④者，岂借才于异代乎？正患^⑤己不能知，安可诬一世之人？"德彝惭而退。

【注释】①［上］指唐太宗李世民。②［封德彝］即封伦，字德彝，唐代官员，官至尚书右仆射。③［诘］责问。④［治］安定太平。⑤［患］担心。

译文

唐太宗命封德彝为朝廷举荐贤才，过了好久，他一个人都没推荐。太宗责问他，他说："不是我不尽心，而是现在没有杰出的人才。"太宗说："君子用人跟使用器物一样，要选用他的长处。古代能让国家达到太平安定的君主，难道使用的都是从别的时代借来的人才吗？你应该担心自己不能识人，怎么可以冤枉世人无才呢？"封德彝惭愧地退下了。

欣赏文言之美

这一段选文通过君臣之间的对话，展现了唐太宗的人才观——用人如器，各取所长。唐太宗不愧是雄才大略的君主，他这句话概括了识人用人的精粹，体现出了极高的管理智慧。不管是治理一个国家，还是管理一个企业，最关键的就是识人用人。人无完人，再厉害的人才也不可能样样都行，所以要用人所长。找到合适的人，让他处于合适的位置、负责适合的工作、发挥出自己的长处，管理就成功了一半。

思辨在左，文学在右：宋代古文

古人的名、字、号、谥号

古时候，一个人出生以后，长辈会给他取一个名字，比如刘备、诸葛亮就是本名。古人长大成年时，还要在名之外另外取一个"字"，比如刘备字"玄德"、诸葛亮字"孔明"。一般来说，一个人的"名"只有在君王或长辈面前使用，而"字"用于平辈和晚辈之间的称呼。一个人的字也不是随便取的，往往跟自己的名有关联，比如李白的字是"太白"，跟"白"的意思相近。

文人雅士还常常为自己取一个"号"，在诗词唱和与文章往来时作为代称，也经常用于自称。比如李白号"青莲居士"、欧阳修号"醉翁"、司马光号"迂叟"。一个人的号往往寄托着他的情怀或志趣。

君王、诸侯、卿大夫、重臣等死后，朝廷会根据其生前事迹及品德给予一个评定性的称号，叫作"谥号"。"谥号"有褒扬的，也有批评的，比如"文正""文忠""文靖"等都是表扬性质的谥号。商朝最后一个皇帝商纣王，"纣"就是谥号，是暴虐的意思。

孙权劝学

[北宋] 司马光

小·档案

出　处：《资治通鉴》。
人　物：孙权，字仲谋，三国时吴国的创建者。

　　初，权①谓吕蒙②曰："卿今当涂③掌事，不可不学。"蒙辞以军中多务。权曰："孤④岂欲卿治经⑤为博士⑥邪！但⑦当涉猎⑧，见往事⑨耳。卿言多务，孰若孤？孤常读书，自以为大有所益。"蒙乃始就学。及鲁肃⑩过寻阳⑪，与蒙论议，大惊曰："卿今者⑫才略，非复吴下⑬阿蒙！"蒙曰："士别三日，即更⑭刮目相待⑮，大兄⑯何见事之晚乎！"肃遂拜蒙母，结友而别。

【注释】①[权]指孙权。②[吕蒙]字子明，东汉末年将领，孙权手下的名将。③[当涂]当道，当权。④[孤]古时王侯的自称。⑤[治经]研究儒家经典。经，指《易》《书》《诗》《礼》《春秋》等书。⑥[博士]专掌经学传授的学官。⑦[但]只，只是。⑧[涉猎]粗略地阅读。⑨[往事]指历史。⑩[鲁肃]孙权手下的一位大将，文武双全。⑪[寻阳]古县名，治所在今湖北黄梅西南。⑫[今者]如今，现在。⑬[吴下]指吴县，今江苏苏州。⑭[更]重新。⑮[刮目相待]拭目相看，用新的眼光看待。刮，擦拭。⑯[大兄]长兄，这里是对朋友的敬称。

译文

　　当初，孙权对吕蒙说："你现在掌管军务，不能不学习了。"吕蒙以军中事务繁多来推托。孙权说："我难道想让你研究儒家经典，成为传经授业的学官吗？我只是让你粗略地读读，了解历史罢了。你说军务繁多，谁能像我的事务一样多？我常常读书，觉得大有收获。"吕蒙才开始用心学习。等到鲁肃经过寻阳，与吕蒙谈论议事时，大吃一惊："你现在的才干谋略，再也不是当初吴县的阿蒙了。"吕蒙说："人与人分别几天后，就应该用新的眼光看待彼此，兄长你认清事物怎么这么晚呢？"鲁肃于是郑重拜见吕蒙的母亲，和吕蒙结为好友后才告别。

欣赏文言之美

这段文字充分说明了学习的重要、读书的重要。一个人不论起点高低，只要努力向学、认真读书，就会增长见识和才干，到达更高的境界。而且，只要有志于学，任何时候开始都不算晚。孙权劝吕蒙学习，发生在赤壁之战后的几个月里，这时吕蒙都三十多岁了。

读书后的吕蒙胆识谋略突飞猛进，在濡须口数次打退曹操的进攻，阻止了曹操南下的脚步，保全了东吴。后来，吕蒙还让兵士扮作商人，白衣渡江，奇袭荆州，俘虏关羽父子，将东吴借给刘备的荆州全数收回。

与吕蒙有关的两个成语

"吴下阿蒙"和"士别三日当刮目相看"这两个成语都跟吕蒙有关。吕蒙出身贫寒，十几岁就跟随姐夫邓当去打仗，没读过多少书。"吴下阿蒙"说的就是青少年时期的吕蒙，用来形容人学识尚浅。"士别三日当刮目相看"形容学习之后的吕蒙，与以往已大有不同，不能再用老眼光看他了。

读懂 小古文 爱上 大语文

训俭示康（节选）

[北宋] 司马光

小·档案

写作背景：司马光生活的年代，社会风气日益变得奢侈，人们竞相讲排场、比阔气。为了让儿子免受这种不良风气的影响，司马光写了这篇家训。康就是司马光的儿子司马康。

名　　句：由俭入奢易，由奢入俭难。

　　吾本寒家，世以清白相承。吾性不喜华靡，自为乳儿，长者加以金银华美之服，辄①羞赧②弃去之。二十忝科名③，闻喜宴④独不戴花。同年⑤曰："君赐不可违也。"乃簪一花。平生衣取蔽寒，食取充腹；亦不敢服垢弊⑥以矫俗干名⑦，但顺吾性而已。众人皆以奢靡为荣，吾心独以俭素为美。人皆嗤吾固陋，吾不以为病⑧。应之曰："孔子称：'与其不逊也宁固。'又曰：'以约失之者鲜矣。'又曰：'士志于道，而耻恶衣恶食者，未足与议也。'古人以俭为美德，今人乃以俭相诟病⑨。嘻，异哉！"

【注释】①[辄] 就，总是。②[羞赧] 害羞。③[忝科名] 名列进士科名，指考中进士。④[闻喜宴] 朝廷为新科进士举行的宴会。⑤[同年] 同一年考中进士的人。⑥[垢弊] 肮脏破烂。⑦[矫俗干名] 用不同于流俗的姿态来博取名声。⑧[病] 缺点。⑨[诟病] 批评，指责。

　　近岁风俗尤为侈靡，走卒①类士服，农夫蹑丝履。吾记天圣②中，先公③为群牧④判官，客至未尝不置酒，或三行、五行，多不过七行。酒酤（gū）⑤于市，果止于梨、栗、枣、柿之类；肴止于脯⑥、醢（hǎi）⑦、菜羹，器用瓷、漆。当时士大夫家皆然，人不相非⑧也。会⑨数而礼勤，物薄而情厚。近日士大夫家，酒非内法⑩，果、肴非远方珍异，食非多品⑪，器皿非满案，不敢会宾友，常量月营聚⑫，然后敢发书。苟或不然，人争非之，以为鄙吝。故不随俗靡者，盖鲜矣。嗟乎！风俗颓弊如是，居位者⑬虽不能禁，忍助之乎？

【注释】①[走卒]当差跑腿的。②[天圣]宋仁宗赵祯的年号，于1023—1032年使用。③[先公]去世的父亲，这里指司马池。④[群牧]官府中主管马匹的机构。⑤[酤]买（酒）。⑥[脯]干肉。⑦[醢]用鱼、肉做成的酱。⑧[非]作动词，认为不对。⑨[会]聚会。⑩[内法]宫廷酿造之法。⑪[品]种类。⑫[营聚]准备、张罗。⑬[居位者]身居官位、有权势的人。

又闻昔李文靖公①为相，治居第于封丘门②内，厅事前仅容旋马③，或言其太隘④，公笑曰："居第当传子孙，此为宰相厅事诚隘，为太祝、

廉洁奉公的司马光

司马光在政治上的作为虽然受后世非议，但他在个人道德方面却光明磊落。他一生廉洁奉公、勤俭务实，不仅个人生活俭朴，也倡导官府勤俭节约。他曾向皇帝上书，恳请皇帝罢去宫中宴饮，还反对皇帝不顾国家实际厚赏群臣。仁宗死后，英宗将仁宗遗留的大量财物赏赐群臣，司马光也获得了大量赏赐，但他将所获得的赏赐悉数捐给谏院作为办公经费。

读懂 小古文 爱上 大语文

奉礼⑤厅事已宽矣。"参政鲁公⑥为谏官，真宗⑦遣使急召之，得于酒家。既入，问其所来，以实对。上曰："卿为清望官，奈何饮于酒肆？"对曰："臣家贫，客至，无器皿肴果，故就酒家觞⑧之。"上以其无隐，益重之。张文节⑨为相，自奉养如为河阳掌书记⑩时，所亲或规之曰："公今受俸不少，而自奉若此。公虽自信清约，外人颇有公孙布被⑪之讥，公宜少⑫从众。"公叹曰："吾今日之俸，虽举家锦衣玉食，何患不能？顾人之常情，由俭入奢易，由奢入俭难。吾今日之俸，岂能常有？身岂能常存？一旦异于今日，家人习奢已久，不能顿俭，必致失所。岂若吾居位去位、身在身亡常如一日乎？"呜呼！大贤之深谋远虑，岂庸人所及哉？

【注释】①［李文靖公］北宋名相李沆，谥号文靖。②［封丘门］北宋都城汴京的一个城门。③［旋马］马转身。④［隘］狭隘，狭窄。⑤［太祝、奉礼］太祝和奉礼郎都是古代太常寺官名，主管祭祀，往往由功臣的子孙担任。⑥［参政鲁公］指鲁宗道，北宋著名谏官，官至参知政事。参知政事简称参政，为宰相的副职。⑦［真宗］指宋真宗赵恒。⑧［觞］酒杯，这里作动词，喝酒。⑨［张文节］指张知白，北宋宰相，谥号文节。⑩［掌书记］掌管公文的属官。⑪［公孙布被］汉代公孙弘身为丞相却生活俭朴，盖麻布做的被子。⑫［少］稍微。

译文

　　我们家本是寒微人家，世代传承清正廉洁的家风。我本性不喜欢奢华浪费，从幼儿时代起，长辈给我穿华美的衣服，我总是害羞地把它们扔掉。二十岁那年我考中进士，在皇帝赐给新科进士的公宴上唯独我一个人没有戴花。同科进士说："这花是皇上赏赐的，不能违命。"我才戴了一枝。我这一生只求衣服能御寒保暖、食物能吃饱肚子，但也不敢故意穿得破破烂烂，显得自己与众不同来博取名声，只想顺应我的本性罢了。人们都以奢侈浪费为荣，我内心唯独以节俭朴素为美。人们都笑我固执浅陋，我却不觉得这样有什么不好，我还回应他们说："孔子说过：'与其骄纵不逊，倒宁可简陋一些。'他又说：'很少有人因为简约而导致过错。''对于有志于探究道德学问却以衣食不好为耻的人，不必跟他谈文论道。'古人把俭朴当作美德，今人却因为俭朴而讥笑、攻击别人。唉，好奇怪呀！"

　　近些年来，社会风气尤为奢侈浪费，当差跑腿的人的衣服像士人，农夫脚上也穿丝织的鞋子。我记得天圣年间我已去世的父亲担任群牧司判官，有客人来时也会置办酒菜，斟酒劝饮大概有三五遍，最多也不会超过七遍。酒是从集市上买的，水果只限于梨、栗子、枣、柿子，菜肴一般就是干肉、肉酱、菜汤，餐具用的也是普通的瓷器、漆器。当时士大夫家招待客人都是如此，人们并不会相互非议。聚会的次数虽多，但礼节殷勤；招待客人的酒馔菜肴虽少，但情谊深厚。近些年，士大夫家的酒如果不是依宫廷内法酿造，水果、菜肴如果不是来自远方的珍品特产，食物如果不是林林总总、品类浩繁，餐具要是不摆满桌子，都不敢招呼亲友前来聚会；他们常常需要张罗几个月，才敢向大家发邀请信。如若不这样做，人们就会批评他，认为他鄙陋吝啬。所以现在能不跟风浪费的人，已经很少了！唉，社会风

读懂 小古文 爱上 大语文

气败坏成这个样子,我们这些身居官位的人哪怕禁止不了,还忍心再助长它吗?

我还听说从前李文靖公官居宰相时,在封丘门内置办宅第,厅堂前仅容一匹马转身,有人说(厅堂前)太狭窄了。文靖公笑着说:"家宅要传给子孙,这里作宰相的厅堂确实狭窄了,但作太常寺太祝或奉礼郎的厅堂就已经很宽敞了。"鲁宗道担任谏官时,真宗派人紧急召他觐见,在酒馆里找到了他。入朝后,真宗问他从哪里来,他据实回答。真宗说:"你担任清贵显要的官职,怎么还去酒馆里饮酒呢?"他回答:"臣家里贫穷,客人来了都没有合适的餐具、菜肴、水果,所以去酒馆请他喝酒。"真宗因为他没有丝毫隐瞒而更加看重他。张文节做宰相时,吃穿享受一如他担任河阳节度判官时的样子,有亲近的人规劝他:"您如今的俸禄不少,对自己却如此节俭。即使您自己知道是清廉俭朴,外面的人讥讽您是在模仿公孙弘盖麻布做的被子,故意做给别人看。您应该稍微改变一下,跟众人差不多。"文节公叹息说:"以我现在的俸禄,即使全家人都锦衣玉食,又有什么不能做到的呢?但人之常情,从俭朴进入奢侈容易,从奢侈回到俭朴就难了。我今天这么高的俸禄怎么可能会一直保持?我怎么可能一直活着?一旦情况有变化,而家人早已习惯奢侈了,不能马上转回俭朴的状态,必然会流离失所。哪如我做官、丢官、活着、死去,家人的消费水平始终如一呢?"唉,大贤者的深谋远虑,哪是凡庸之人能达到的呢!

欣赏文言之美

司马光为人清廉简素，希望儿孙能保持这一优良传统，所以洋洋洒洒地写下了一千余字的家训，对儿孙进行训导，本文节选了前三段。

第一段司马光阐述自己本性俭朴，并以儿时经历和闻喜宴戴花两个细节佐证。针对别人对自己的嗤笑，他引用孔子的话进行回击。第二段司马光以士大夫家招待宾客为例，拿北宋初年与自己身处年代进行对比，感叹世风败坏，风俗奢侈。第三段司马光列举了宋朝初年三位身居高位却能力行节俭的先贤，进一步说明勤俭兴家的道理，勉励子孙行俭戒奢，保持优良家风。

全文平实自然，旁征博引，说理透彻，谆谆告诫，良苦用心跃然纸上。"由俭入奢易，由奢入俭难"这句振聋发聩的话在今天仍然值得我们深思。

以俭为美

静以修身，俭以养德。非淡泊无以明志，非宁静无以致远。

——诸葛亮《诫子书》

历览前贤国与家，成由勤俭破由奢。

——李商隐《咏史二首》

惟俭可以助廉，惟恕可以成德。

——《宋史·范纯仁列传》

一粥一饭，当思来之不易；半丝半缕，恒念物力维艰。

——朱用纯《朱子家训》

王安石：倔强的改革家

文人难成政治家，越有才的文人往往越玩不转政治，但在宋朝，这个定律失灵了。宋朝是一个很特别的时代，在重文抑武的政策之下，大才子如过江之鲫，比比皆是，文采风流如繁星般璀璨夺目。而且，很多才子在政治方面也如鱼得水，颇有建树，比如晏殊、范仲淹、欧阳修、司马光等，其中最突出的，当属王安石。

少年英才，抱负不凡

王安石生于1021年，字介甫，晚号半山，抚州临川（今江西抚州）人。王安石少年聪颖，过目成诵，长大一些便跟随父亲宦游各地，开阔了眼界，增加了阅历，目睹了人民生活的艰辛，对宋王朝的社会问题有了感性的认识。他青年时期便立下了移风易俗的志向，显出了惊人的气度。

王安石名列"唐宋八大家"，其散文比较讲究实用，多针对社会问题阐述政治见解与思想主张，雄健简练，观点鲜明，分析深刻。

王安石早期的诗歌长于说理，或关注国计民生，或寄托个人的情怀抱负。1050年，王安石登上浙江绍兴城外的宝林山，作《登飞来峰》一诗，其中"不畏浮云遮望眼，自缘身在最高层"两句俨然呈现出一个指点江山的政治领袖的形象。其实，此时的王安石仅仅是一个鄞县（今浙江宁波）知县，离政治核心还远着呢。但王安石胸怀大志，那时便已具备了高瞻远瞩的气魄和智慧。二十年后，王安石果然凭一己之力，攀上了政治高峰。

个性倔强，做官也有原则

王安石是个非常有想法的人，也是个非常倔强的人。王安石和司马光曾经同在包拯手下当官。有一次，包拯组织了一个酒局。王安石和司马光都不善饮酒，平时基本滴酒不沾。然而，司马光虽然不情愿，但不想拂了领导面子，勉强喝了两杯。到了王安石这里，他可不管上级的面子里子，任凭包拯怎么劝，他都不肯喝。

王安石不仅在生活中倔强，工作上一样倔强。他不想当的官，就是有天大的好处也不干，非常有原则。王安石做了几任地方官，政绩斐然，朝廷想提升他，授予他馆阁（宋代藏书机构，也是储备、培养高级人才的地方）职务，他屡屡推辞不干。后来，宋仁宗任命王安石编修《起居注》，负责记录皇帝的日常言行。这个职务隐形权力非常大，毕竟整天跟在皇帝身边，而且有很多飞黄腾达的机会，但王安石又是坚决不干。仁宗派人把任命书送到他办公室，他躲进厕所里。使者无奈将任命书放到他的办公桌上，王安石又追上去，把任命书硬塞进人家怀里。如此推辞了八九次，实在推辞不过了，他才勉强接受。

大好的升迁机会，王安石为什么屡屡推辞呢？因为他有治国安邦的才干和志气，不甘于这些清闲的文职。编修《起居注》这个差事，司马光也曾推辞，不过他没有王安石推辞的次数多。

全面推行新法

北宋中期，社会危机日益严重，王安石对此有清醒的认识，并努力寻求解决方案。1058年，王安石进京述职时，向仁宗献上万言书，系统地提出了变法主张，但仁宗没有采纳。

宋神宗继位后，国家的财政状况进一步恶化，"百年之积，惟存空簿"。这位年轻气盛的皇帝坐不住了，很快召见了王安石，君臣一拍即合。1069年，神宗任命王安石为参知政事，主持变法。经济方面，王安石推出了均输法、青苗法、市易法、募役法、方田均税法、农田水利法；军事方面，他推出置将法、保甲法、保马法等。同时，他改革科举制度，为推行新法培育人才。为推行新法，王安石一口气提拔了四十多人。

变法增加了国家收入，改善了财政状况，同时也增强了国家的军事力量。宋军在与西夏的战争中接连大胜，拓地两千余里，在河西走廊确立了三面包围西夏的优势。消息传来，朝野振奋，神宗当着文武百官的面解下自己所配玉带赐给王安石。此时的王安石走上了人生巅峰。

变法遭遇挫折

变法从一开始就遭遇了汹汹的反对浪潮。王安石的昔日好友，另一颗政治明星司马光也激烈地反对变法。王安石在神宗的支持下，坚决地对保守派予以反击，反对变法的官员都被贬官外调，司马光也辞官到洛阳去修史了。此时王安石将他的倔强发挥到了极致，"虽千万人，吾往矣"，即使粉身碎骨也要矢志不渝地推行改革。

但随着变法逐渐向深度和广度推行，新法在执行过程中确实产生了一些问题，新法也确实存在一些制度缺陷。比如青苗法，本来是官府在青黄不接时向有需要的农民提供低息借贷，既能增加国家收入，又可减轻高利贷对农民的剥削。但有的贪官污吏为了敛财，强迫家有余粮的农民也必须借贷，还擅自提高利息，弄得百姓对新法怨声载道。赶上饥荒，官府仍然高息放贷，加紧盘剥，百姓流离失所，苦不堪言。

还有市易法，原本是国家成立市易司收购滞销货物，等市场短缺时再卖出，以此平抑物价，稳定市场，限制大商贾囤积居奇、牟取暴利。但主管市易司的官员操作不当，把市易司变成了垄断市场、操控物价的机构，损害了广大商户的利益，搞得汴京民怨沸腾。

1074年，开封一带发生大旱，连续几个月不下雨，无数灾民扶老携幼，在开封城外的道路上逃荒。为了缴纳新法规定的税款，他们甚至卖儿卖女。有人把百姓逃荒的景象画成一幅《流民图》进献神宗，神宗看后唏嘘不已。

古代的人都比较迷信，认为发生自然灾害是统治者不修德政的结果，因此，舆论的矛头迅速指向了变法。反对浪潮一浪高过一浪，神宗也对王安石产生了怀疑，罢免了他的宰相职务，让他去江宁（今江苏南京）

担任知府。

改革失败，抑郁而终

  1075年，神宗再次起用王安石，但王安石对这次复出的前景并不乐观，途经瓜洲时写下了《泊船瓜洲》："京口瓜洲一水间，钟山只隔数重山。春风又绿江南岸，明月何时照我还？"还没到京城就想何时回家，可见王安石的心里并不轻松。

  王安石这次复出果然不顺利，神宗不再像以前那样信任他，变法派内部也出现了分裂。没多久，王安石再一次黯然离开京城，退居江宁，这次离开，他再未回京。

  王安石离开后，神宗依然坚持推行新法。1085年，神宗的生命走到了尽头。年幼的小皇子赵煦继位，这就是宋哲宗。宋哲宗年龄太小，宋神宗的母亲高太后垂帘听政。一直反对变法的高太后马上把司马光调回京城主持工作。司马光打着"以母改子"的旗号，不管变法已经取得的积极成果，将新法全部废除。当卧病在床的王安石听到募役法也被废除时，老泪纵横地哀叹："这可是我和先帝研究了两年的成果啊！"

  一代改革家在悲愤交加中辞世，承载强国富民美好愿望的变法除了一地鸡毛的新旧党争，什么都没有留下。

伤仲永

[北宋] 王安石

小档案

出　　处：《临川先生文集》。
关键词："伤"字是全篇文眼，为仲永而悲伤。

金溪①民方仲永，世隶②耕。仲永生五年，未尝识书具③，忽啼求之。父异④焉，借旁近⑤与之，即书诗四句，并自为其名。其诗以养父母、收族⑥为意，传一乡秀才观之。自是⑦，指物作诗，立就，其文理⑧皆有可观者。邑人⑨奇⑩之，稍稍宾客⑪其父，或以钱币乞⑫之。父利⑬其然也，日扳⑭仲永环⑮谒⑯于邑人，不使学。

【注释】①[金溪]地名，在王安石家乡江西临川县东。②[隶]属于。③[书具]书写的工具，指笔、墨、纸、砚等。④[异]意动用法，对……感到诧异。⑤[旁近]指邻居。⑥[收族]团结宗族。⑦[是]这。⑧[文理]文采和义理。⑨[邑人]同乡或同县的人。⑩[奇]意动用法，以……为奇。⑪[宾客]以宾客之礼对待。⑫[乞]请求，求取。⑬[利]作动词，认为……有利可图。⑭[扳]通"攀"，牵引，拉着。⑮[环]四周，到处。⑯[谒]拜见。

余闻之也久。明道①中，从先人②还家，于舅家见之，十二三矣。令作诗，不能称③前时之闻。又七年，还④自扬州，复到舅家，问焉，曰："泯然⑤众人矣。"

【注释】①[明道]宋仁宗赵祯的年号（1032—1033）。②[先人]这里指作者死去的父亲。③[称]相称，相当。④[还]回来，回家。⑤[泯然]消失的意思。

王子①曰：仲永之通悟②，受之天也。其受之天也，贤于材人③远矣；卒④之⑤为众人，则其受于人者不至⑥也。彼其受之天也，如此其贤也，不受之人，且为众人；今夫不受之天，固⑦众人，又不受之人，得为众人而已耶？

【注释】①〔王子〕王安石的自称。②〔通悟〕通达聪慧，有悟性。③〔材人〕有才能的人。材，同"才"。④〔卒〕终于。⑤〔之〕音节助词，没有实际意义。⑥〔不至〕没有达到。⑦〔固〕本来。

译文

金溪县有一个平民百姓叫方仲永，家里世代以耕田为生。仲永五岁时，还不认识笔、墨、纸、砚，有一天他忽然哭闹着要这些东西。父亲觉得很奇怪，就从邻居家里借来给他，仲永马上写出了四句诗，还题上了自己的名字。四句诗的大意是奉养父母、团结族人，被乡里的秀才争相传阅。从此以后，人们指着某物让他作诗，他马上就能作出来，诗的文采、

王安石还藤床

王安石为人清正廉洁，哪怕官居参知政事，主持变法大局，他也公私分明，不贪图公家财物。他夫人曾向公家借了一张藤床，放在自己的私宅中。王安石罢相后，一些小吏三番五次来索要藤床，王安石的夫人都置之不理。仆人把这件事告诉王安石后，王安石就脱了鞋，一身脏污，直接上了藤床，还在上面躺了好一会儿。素有洁癖的王夫人见了，赶紧让人把藤床还了回去。

读懂 小古文 爱上 大语文

道理都有可取之处。乡里人都觉得奇异，慢慢地都以宾客之礼对待仲永的父亲，有人还会出钱来请仲永作诗。仲永的父亲看这件事有利可图，就天天带着他四处拜访乡邻，不让他学习。

我很久以前就听说这件事了。明道年间，我跟随父亲回到家乡，在舅舅家见到方仲永，那时他十二三岁。我们让他作诗，他作的诗已经与之前的传闻不太相符了。又过了七年，我从扬州回到家乡，又到舅舅家，问起方仲永，舅舅说："他的才气已经消失，就是一个普通人了。"

我说："仲永的通达聪慧是天生的。他的天赋远远超过一些有才能的人；最终他却成为一个普通人，是因为后天接受的教育不够。方仲永是天赋异禀的人，有这样惊人的才华，后天不接受教育，尚且沦为一个普通人；如今那些没有天赋、本来就资质一般的人，又不接受教育，想成为一个普通人恐怕都不能够吧？"

欣赏文言之美

这是王安石为天才方仲永书写的一曲悲歌。拥有超凡的天分，最后却沦为一个普通人，方仲永的确可悲可叹。

文章仅用一百多字就跨越了十多年，讲述了方仲永从五岁到二十岁的生命历程，议论部分也不过七十来字，全文语言简洁精当，一字不可增，也一字不可删。叙述方仲永的成长过程时，王安石重点描写了其天赋异禀，五岁不识书具，拿来就能作诗，而且"指物作诗，立就"，多么令人惊叹！方仲永拥有这么强大的天赋最后却"泯然众人"，为什么呢？因为他父亲"日扳

仲永环谒于邑人，不使学"。至此，后天教育的重要性就凸显出来，所以王安石自然而然生发议论："受之天"的天才，后天若"不受于人"，尚且不行；那些"不受之天"的普通人，如果也不"受之人"，则更不行啊！

业精于勤荒于嬉，天才在于日积月累，聪明在于勤学不辍。一个人不管有没有过人的天赋，勤学都是必不可少的，这就是我们今天读这篇文章的意义所在。

王安石炼字

王安石创作《泊船瓜洲》这首诗时，曾经多次修改。诗的后两句他最初写的是"春风又到江南岸，明月何时照我还？"写完后，王安石觉得"春风又到江南岸"的"到"字太死板，缺乏生动的诗意，想了一会儿，就提笔把"到"字圈去，改为"过"字。但他还是不太满意，于是又圈去"过"字，改为"入"字、"满"字。这样改了十多次，王安石仍未找到自己满意的字。他索性放下笔，走出船舱，观赏风景，放松一下。

王安石走到船头上，眺望江南，春风拂过，青草婆娑，绿树摇摆，一片美景如画。陶醉于满眼新绿中的王安石心中忽然一动：这个"绿"字，不正是我要找的那个字吗？王安石好不高兴，连忙奔进船舱，另外取出一张纸，把原诗中的这句改为"春风又绿江南岸"。一个"绿"字使诗句大为增色，全诗都活了。

读孟尝君传

[北宋] 王安石

> **小·档案**
>
> 出　处：《临川先生文集》。
>
> 人　物：孟尝君，即田文，战国时齐国人。他广招宾客，门下有食客数千人，是战国四公子之一。孟尝君传，指司马迁所著《史记·孟尝君列传》。

　　世皆称孟尝君能得士①，士以故归之，而卒赖其力以脱于虎豹之秦②。嗟乎！孟尝君特鸡鸣狗盗之雄③耳，岂足以言得士？不然，擅④齐之强，得一士焉，宜可以南面⑤而制⑥秦，尚何取鸡鸣狗盗之力哉？夫鸡鸣狗盗之出其门，此士之所以不至也。

【注释】①［士］周代以来的一个贵族阶层，没有田产，依附于诸侯和士大夫，为他们出谋划策，也就是人们所说的门客。士主要分为文士、武士、辩士和谋士四大类型。②［卒赖其力以脱于虎豹之秦］最终凭借所招揽的士的力量摆脱如虎豹一般的秦国。据《史记·孟尝君列传》记载，秦昭王曾经想聘请孟尝君为相，后来反悔，又要杀掉他。孟尝君向昭王宠姬求救，宠姬提出要白狐裘为报。可孟尝君已将白狐裘献给昭王。于是，孟尝君的一个门客披狗皮装狗潜入秦宫，偷回白狐裘。得到白狐裘的宠姬为孟尝君说情，昭王释放孟尝君后,又派兵追赶。孟尝君等人逃到函谷关时正是半夜,关门紧闭,按规定鸡鸣才能开关。危急关头,有一个门客学鸡叫,引得群鸡都叫了起来,守关士兵以为天要亮了,就打开关门,孟尝君这才逃回齐国。③ [雄]首领。④ [擅]拥有。⑤ [南面]古代君臣相见,君王坐北面南,臣子在南向北朝见。这里指齐国在诸侯国中称王称霸。⑥ [制]控制,制服。

阅读提示

孟尝君"能得士"可以说是自古以来的定论,但王安石不这么看。他认为能装狗偷东西、会学鸡叫,这些微末技能根本上不了台面,这些人更不能称为士。真正的士是安邦定国、经世致用的人才,就像辅佐齐桓公成就霸业的管仲一样。如果孟尝君得到管仲这样的士,还怕什么秦国呢?

译文

世人都称颂孟尝君能够招贤纳士,很多贤士因此归附他,而他最终也是凭借贤士们的力量得以从虎豹一样凶残的秦国逃脱。唉,孟尝君只不过是一群鸡鸣狗盗之人的首领罢了,哪里称得上招贤纳士呢?如果不是这样,他依靠齐国强大的实力,得到一个真正的贤士,就可以使齐国称王称霸,制服秦国,哪里需要借助鸡鸣狗盗之徒的力量呢?那些鸡鸣狗盗的人在他门下出入,就是真正的贤士不到他那里的原因。

欣赏文言之美

这是一篇《史记·孟尝君传》的读后感,也是一篇驳论文。

文章简劲雄健,开头即树起靶子"世皆称孟尝君能得士,士以故归之,而卒赖其力以脱

读懂 小古文 爱上 大语文

于虎豹之秦",然后笔锋一转,以雷霆万钧之势对此进行批驳——"孟尝君特鸡鸣狗盗之雄耳,岂足以言得士",铿锵有力,掷地有声,而且转折得干脆利落,丝毫不拖泥带水。孟尝君能从秦国脱困,多亏了鸡鸣狗盗之人,这历来是孟尝君"能得士"的一个例证,但王安石反其意用之,以子之矛攻子之盾,转折巧妙,论点新颖。接着,王安石又具体论述孟尝君得到真正的贤士之后的结果,并进一步分析孟尝君不能得士的原因——"夫鸡鸣狗盗之出其门,此士之所以不至也"。

整篇文章不足百字,却能完成驳论、立论、论证、结论的全过程,言简意赅,气势纵横,体现了王安石作为一个政治家的独特眼光与深刻见解。

孟尝君纳士

田文对于来到门下的宾客都热情接纳,不挑拣,无亲疏,不惜散尽家财也要给他们优厚的待遇。所以各诸侯国的宾客都来归附他,甚至一些犯罪逃亡的人也投到他门下。巅峰时期,田文门下的食客有几千人,田文对他们都一视同仁。

田文这种养士的方式使他在各诸侯国声名鹊起,成为礼贤下士的典范。但因为对各种士都来者不拒,一样对待,也使得真正有才能的人不愿投到他门下,所以王安石说他是"鸡鸣狗盗之雄",虽然养士众多,但身边缺乏真正的英才。

游褒禅山记

[北宋] 王安石

小·档案

出　处：《临川先生文集》。
坐　标：褒禅山，在今安徽马鞍山含山县北。
名　句：世之奇伟瑰怪非常之观，常在于险远。

　　褒禅山亦谓之华山。唐浮图①慧褒②始舍③于其址，而卒葬之，以故其后名④之曰"褒禅"。今所谓慧空禅院者，褒之庐⑤冢（zhǒng）⑥也。距其院东五里，所谓华山洞者，以其乃华山之阳名之也。距洞百馀步，有碑仆道，其文漫灭⑦，独其为文犹可识，曰"花山"。今言"华"如"华实"之"华"者，盖音谬⑧也。

【注释】①[浮图]本意是佛或佛教徒，这里指和尚。也写作"浮屠"或"佛图"，是梵语音译词。②[慧褒]唐代高僧。③[舍]名词作动词，建舍居住。④[名]名词作动词，命名。⑤[庐]房屋。⑥[冢]坟墓。⑦[漫灭]因风化剥落而模糊不清。⑧[音谬]读音错误。

　　其下平旷，有泉侧出，而记游者甚众，所谓前洞也。由山以上五六里，有穴窈然①，入之甚寒，问其深，则其好游者不能穷也，谓之后洞。余与四人拥②火以入，入之愈深，其进愈难，而其见愈奇。有怠③而欲出者，曰："不出，火且④尽。"遂与之俱出。盖予所至，比好游者尚不能十一，然视其左右，来而记之者已少。盖其又深，则其至又加少矣。方是时，予之力尚足以入，火尚足以明也。既其出，则或咎⑤其欲出者，而予亦悔其随之而不得极⑥夫游之乐也。

【注释】①[窈然]深远幽暗的样子。②[拥]手持，拿。③[怠]懈怠。④[且]

思辨在左，文学在右：宋代古文

将要。⑤[咎]责怪。⑥[极]尽,这里指尽情享受。

　　于是予有叹焉。古人之观于天地、山川、草木、虫鱼、鸟兽,往往有得,以其求思之深而无不在也。夫夷①以②近,则游者众;险以远,则至者少。而世之奇伟、瑰怪、非常之观③,常在于险远,而人之所罕至④焉,故非有志者不能至也。有志矣,不随以止⑤也,然力不足者,亦不能至也。有志与力,而又不随以怠,至于幽暗昏惑⑥而无物以相⑦之,亦不能至也。然力足以至焉,于人为可讥,而在己为有悔;尽吾志也而不能至者,可以无悔矣,其孰能讥之乎?此予之所得⑧也!

【注释】①[夷]平坦。②[以]连词,表示并列。③[观]景象,景观。④[至]到达。⑤[随以止]随着别人停止。"随"后面省略"之"字。"以"是连词,以至于。⑥[昏惑]迷乱。⑦[相]辅助。⑧[得]心得,收获。

　　余于仆碑,又以悲夫古书之不存,后世之谬①其传而莫能名②者,何可胜③道也哉!此所以学者不可以不深思而慎取之也。

【注释】①[谬]作动词,把……弄错。②[莫能名]不能说出真名(一说真相)。

③ [胜]尽。

四人者：庐陵①萧君圭君玉，长乐②王回深父③，余弟安国平父、安上纯父。至和元年④七月某日，临川王某记。

【注释】①[庐陵]今江西吉安。②[长乐]今属福建。③[父]通"甫"，下文平父、纯父中的"父"意思相同。④[至和元年]1054年。

译文

褒禅山也叫华山。唐朝高僧慧褒当初在这里建房居住，死后也葬在了这里，因此后人把这座山叫作褒禅山。今天所说的慧空禅院，就是慧褒弟子在其坟墓旁盖的房舍。距离慧空禅院东边五里，就是人们所说的华山洞，因为处在华山的南面而

读懂 小古文 爱上 大语文

得名。距离山洞一百多步,有一座石碑倒在地上,上面的文字斑驳不清,只有个别字能勉强识别,是"花山"。今天人们所说的"华",如"春华秋实"的"华",大概是读音弄错了。

由此向下的山洞平坦空旷,有一汪泉水从侧面流出来,来这里游玩、题记的游客很多,这就是人们所说的前洞。顺着山路向上走五六里,会看到一个幽深的洞穴,进去以后感觉寒气逼人,问它的深度,就连那些喜欢探险的旅游达人也没有走到尽头(说不出它的深度),这就是人们所说的后洞。我和四个人手持火把进洞游览,走得越深,前进就越艰难,见到的景观也越奇妙。有一个懈怠并想退出的同伴说:"我们再不出去,火把就要熄灭了。"于是我们就和他一起退出来了。大概我们到达的深度,比起那些旅游达人来,可能还不到十分之一,然而看看左右的石壁,(发现)来此题记的人已经少了。由此推测,到达再深一些的地方的人就更少了。决定从洞内退出的时候,我的体力还足以前进,火把也还能照明。我们退出洞后,就有人责备那个主张退出的人,我也后悔跟他一起出来,而不能尽情享受游洞的乐趣。

于是我有了一番叹息感慨。古人观赏天地、山川、草木、虫鱼、鸟兽,往往会有收获,是因为他们探究、思考得深入而且广泛。对于平坦而

阅读提示

《游褒禅山记》论述的深刻道理充分体现出了王安石作为一位政治家、一位改革家的过人气度。虽然变法最后失败了,但他矢志不渝的坚持以及九死不悔的精神都值得后人敬佩。世间万事万物莫不如此,要想取得过人的成就,必然要凭借充足的体力和顽强的意志,整合外部资源,向"险远"处探求,向高处攀登。

且距离近的地方，前来游览的人就多；（地势）险要而且距离远的地方，能够到达的人就少。然而，世界上雄奇瑰丽、非同寻常的景观，常常在险要、偏远、人迹罕至的地方，所以没有意志的人是到不了那里的。有了坚强的意志，不盲从别人止步，但是体力不足，也不能到达。有了意志和体力，也不随着别人懈怠，但到达幽深昏暗、使人迷乱的地方没有外物辅助，也不能到达。可是，体力足够却没能到达想去的地方，在别人看来是可笑的，自己想来也会后悔。尽了自己最大努力还是没能到达，自己可以无悔，谁又能来讥笑呢？这就是我这次游洞的收获。

　　对于那仆倒在路旁的石碑，我又悲叹上面的古文字不能留存，后世讹传而弄不清真相的事，哪里能说得完呢！这就是求学的人不能不深入思考、谨慎考证的原因。

　　同游的四个人是庐陵人萧圭，字君玉；长乐人王回，字深甫；我的弟弟王安国，字平甫；王安上，字纯甫。至和元年七月的一天，临川人王安石记。

欣赏文言之美

　　这是王安石所写的一篇游记，记叙他与同伴游褒禅山华山洞的经历。这篇游记的特殊之处在于它的重点不在于描写景物，而在于说理。

　　文章第一段考证山名的来历，王安石指出"褒禅"源于唐朝和尚慧褒，并由一座倒地的石碑判定褒禅山别名"华山"是"花山"之误。第二段具体记叙进入华山洞游览的经过，王安石并没有像其他游记那样，具体描写洞内景物如何奇伟、瑰丽，而是以"余与四人拥火以入，入之愈深，其进愈难，而其见愈奇"一笔带过，然后随着一个"怠而欲出"的同伴退出山洞，这次游览匆匆结束。

仅从前两段文字来看，这篇游记实在是乏味，但王安石作为"唐宋八大家"之一，自然不会让文章这样结尾。从第三段开始，文章转入说理，这部分才是整篇文章的精华。王安石以一个"叹"字总起，从古人之所以"有得"，引申出"世之奇伟、瑰怪、非常之观，常在于险远，而人之所罕至焉，故非有志者不能至也"这一人间真理；然后从主观的意志、体力与客观上外物的支持三个方面，分析到达"奇伟、瑰怪、非常之观"的可能性，并进一步指出，只要自己尽了最大努力，哪怕最后没能如愿，自己可以无悔，别人也不会因此讥讽嘲笑。

梅花

【北宋】王安石

（一）

墙角数枝梅，凌寒独自开。
遥知不是雪，为有暗香来。

（二）

白玉堂前一树梅，为谁零落为谁开。
唯有春风最相惜，一年一度一归来。

答司马谏议书

[北宋] 王安石

> **小档案**
>
> 出　处：《临川先生文集》。
> 人　物：司马谏议，指司马光，他写信给王安石反对变法，本文是王安石的回信。

　　某①启②：昨日蒙教③，窃④以为与君实⑤游处相好之日久，而议事每不合，所操之术⑥多异故也。虽欲强聒（guō）⑦，终必不蒙见察⑧，故略上报⑨，不复一一自辨。重⑩念蒙君实视遇⑪厚，于反覆⑫不宜卤莽，故今具道⑬所以，冀君实或见恕⑭也。

【注释】①［某］草稿中用以代指本人名字。②［启］书函。③［蒙教］承蒙您指教，是一种客气的说法，指收到对方来信。④［窃］私自，这里用作谦词。⑤［君实］指司马光，司马光字君实。古人称呼对方的字表示尊敬。⑥［术］方法，主张。⑦［强聒］在耳边絮叨。聒，声音嘈杂。⑧［见察］被（您）理解。⑨［上报］指写回信。⑩［重］又，再。⑪［视遇］看待，对待。⑫［反覆］指书信来返。⑬［具道］详细说明。⑭［见恕］指宽恕自己。见，表被动。

　　盖儒者①所争，尤在于名实，名实已明，而天下之理得矣。今君实所以见教者，以为侵官②、生事、征利③、拒谏，以致天下怨谤④也。某则以谓受命于人主⑤，议法度而修之于朝廷，以授之于有司，不为侵官；举⑥先王之政，以兴利除弊，不为生事；为天下理财，

不为征利；辟⁷邪说，难（nàn）⁸壬（rén）人⁹，不为拒谏。至于怨诽之多，则固¹⁰前¹¹知其如此也。

【注释】①[儒者]读书人，这里指士大夫。②[侵官]添设新官，侵夺原来官吏的职权。王安石主持变法，在原来的政府机构之外设"制置三司"，负责起草法令条文，推行新法。司马光认为这样做是侵夺了相关机构的职权。③[征利]即争利。司马光认为王安石所谓的"理财"就是政府设法生财，与民争利。④[怨谤]怨恨批评。⑤[人主]皇帝，这里指宋神宗。⑥[举]施行。⑦[辟]批驳。⑧[难]排斥。⑨[壬人]谄媚巧辩的小人。⑩[固]本来。⑪[前]预先。

人习于苟且非一日，士大夫多以不恤①国事、同俗自媚于众为善，上②乃欲变此，而某不量敌之众寡，欲出力助上以抗之，则众何为而不汹汹然③？盘庚之迁④，胥（xū）⁵怨者民也，非特朝廷士大夫而已；盘庚不为怨者故改其度（dù）⑥，度（duó）⑦义而后动，是⑧而不见可悔故也。如君实责我以在位久，未能助上大有为，以膏泽⑨斯民，则某知罪矣；如曰今日当一切不事事⑩，守前所为而已，则非某之所敢知⑪。

王安石吃胡饼

王安石生性俭朴，不拘小节。有一次，儿媳妇的一个亲戚萧公子来拜访，王安石就约对方一起吃饭。王安石准备的午饭非常简单。几杯酒下肚，桌子上就有两张胡饼、一小碟猪肉，后来又多了些米饭和菜羹。娇生惯养的萧公子只把胡饼的中间部分吃了一些，把四边剩下了。王安石若无其事地拿过他剩下的胡饼，几口就吃完了。

【注释】①[恤]顾念,忧虑。②[上]指皇帝。③[汹汹然]形容声势浩大或凶猛,这里指反对的声音多。④[盘庚之迁]商朝君主盘庚为了摆脱政治上的困境和自然灾害,决定将国都迁到殷(今河南安阳)。百姓反对迁都,贵戚大臣也不愿迁,盘庚分别对他们进行劝谕警告,最后完成了迁都。⑤[胥]相互。⑥[度]计划。⑦[度]考虑。⑧[是]认为正确。⑨[膏泽]滋润土壤的雨水,比喻给予恩惠。⑩[事事]做事。前一个事是动词,后一个事是名词。⑪[所敢知]所知道的。敢,作动词,敢于。

无由会晤①,不任(rèn)②区区③向往④之至!
【注释】①[会晤]会见,见面。②[不任]不胜,禁受不住。③[区区]小,这里指自己,是谦称。④[向往]仰慕。

译文

鄙人王安石敬启:昨天承蒙您来信指教,我私下认为与君实您友好交往相处的日子已经长了,而谈论政事时常有不同意见,是因为咱们所持的见解、看法不同的缘故。虽然想再强行劝说几句,但最终也难被您理解认同,所以就简单回了一封信,没有针对您提出的问题一一分辩。后来又想到承蒙您亲厚待我,在信件往来中不能草率鲁莽,所以今天详细阐述我的观点,希望君实能谅解。

读书人争论问题,尤其看重名义和实际是否相符。名义和实际分辨明白,天下的是非道理就很清楚了。现在君实写信指教,是觉得我的行为侵犯了官吏的职权、惹来不少事端、聚敛钱财与民争利、拒绝接受不同意见,并因此招致天下人纷纷怨恨指责我。我却认为我依照皇帝的命令,议订法令制度并在朝廷上修订完善,授命有关机构去执行,并非侵犯他人的职权;

推行先王的开明政令，兴办利国利民的事情，革除弊端，并非惹是生非；为国家理财增收，并非搜刮钱财、与民争利；驳斥错误观点，斥责奸邪小人，并非拒绝不同意见。至于那么多的怨恨、指责，变法之前我本来就预料到会这样了。

人们习惯只顾眼前、得过且过不是一天两天了，士大夫中也有很多人不关心国家政务，以附和世俗看法、献媚取巧为荣，皇上才想改变这种状况，我不顾反对者力量有多大都想出力帮皇上来抗衡，反对我的声音怎能不一浪高过一浪呢？当初盘庚迁都，全国上下一片反对抱怨，并不只是朝廷中的士大夫不同意；盘庚不因为这些抱怨就改变计划，慎重考虑迁都的好处后付诸行动，是因为他认定自己的想法正确之后就不再悔改的缘故。如果君实责备我任职这么久，却没能帮助皇上有一番作为，给百姓带来恩惠好处，那么我承认自己有罪；如果您说现在什么也不做，只墨守前人的规章制度就好，就不是我愿意接受的了。

没有机会与您见面，内心对您仰慕至极！

欣赏文言之美

一场变法，让两个昔日好友成为政敌。作为保守派的代表人物，司马光不只在朝堂上和王安石展开辩论，还因为二人之前私交好，多次给王安石写信，要他停止变法。1070年二月，司马光给王安石写了一封长信，洋洋洒洒三千多字，从侵官、生事、征利、拒谏几个方面展开论述，反对变法。从这篇文章中可知，王安石本来已回了一封短信，但想到二人多年的交情，觉得那样太草率，不够尊重对方，又写了这封回信。

信中，王安石对司马光提出的质疑一一进行辩驳，言简意赅，铿锵有力，体现了其一贯简劲雄健的文风。王安石还以盘庚迁都为例，来驳斥全国上下对自己的批评指责。盘庚将国都从奄迁到殷，一开始也遭到全国上下一致反对，尤其是贵族官僚反对得更厉害。但盘庚坚持迁都，并将迁都的好处晓谕百官臣民，《尚书·盘庚》中记载了盘庚迁都的演说词。都城迁到殷地后，盘庚巩固政权、抑制奢侈，并凭借殷地的地利发展生产，使得商朝政治稳定、国力强盛。王安石借这一历史事件来说明变法与当初盘庚迁都一样是利国利民的好事，表达自己坚定不移的变法决心。

君子和而不同

王安石没有推行变法前，与司马光曾经是同事，是好友。他们曾同在馆阁任职，一起修录国史，一起赴宴题诗，一起出游踏青，"游处相好之日久"。

王安石坚持变法和司马光反对变法，源于思想认识的不同，出发点都是为国家考虑，不是出于个人私利，两个人在道德修养方面，都堪称君子。随着变法的推行，两个人走向了对立面，但他们对对方的人品和学识依然赞赏有加。

神宗去世后，司马光尽废新法，王安石在悲愤中去世。消息传到京城，司马光大为感慨，预感到王安石身后会遭到一些见风使舵的小人大肆攻击，带病给当时的右丞相写信，对王安石的文章、人品给予高度评价，建议朝廷给他优厚的待遇。随后，王安石被追赠为太傅。

苏轼：横淌的才华，有趣的灵魂

好看的皮囊千篇一律，有趣的灵魂万里挑一。在中国文学史上，让苏轼熠熠生辉的，不仅仅是他的旷世奇才，还因为他真纯而有趣的灵魂。无论吟诗作文，还是做官处世，他都带给人们一种"心灵的快乐"，这是因为他的人生有追求、生活有情趣、心灵有归宿。

高中进士

苏轼（1037—1101），字子瞻，号东坡居士，眉州眉山（今四川眉山）人，出身书香世家，父亲叫苏洵，有个小两岁的弟弟叫苏辙。

1057年春天，苏轼和苏辙一同在京城参加了殿试，都以优等高中。其中还有个有趣的误会。阅卷时，主考官欧阳修对苏轼的文章十分赞赏，想把这份考卷定为第一名。但是，他仔细读读这篇文章，觉得文风很像自己的学生曾巩，为了避嫌，就判了个第二。结果苏轼这次殿试就名列第二，成为进士。

欧阳修还特别欣赏两兄弟的老父亲苏洵的文章，把他比作当代"荀子"，还把苏洵的文章献给朝廷。皇帝亲自阅览后，对苏洵的文章也十分赞赏。从此，苏家父子三人就有了"苏氏文章擅天下"的美誉。后世推举的"唐宋散文八大家"，苏洵、苏轼、苏辙三人全都名列其中。

"三苏"之中，苏轼名气最大。他不仅是宋代文坛上一颗璀璨的明星，也是中国文学史上少有的奇才：书法、绘画样样精通，诗词、散文成就卓著。

苏轼说，他人生最快乐的时候就是写作的时候。他也把这种快乐通过文字传递给了读者。欧阳修说，每次他看到苏轼新写的一篇文章，就能开心一整天。宋神宗的一个侍臣也曾说，每当皇帝举着筷子忘了吃饭，一定是正在看苏轼的文章。

思辨在左，文学在右：宋代古文

被贬也开怀

苏轼虽然德才兼备，却官路坎坷。幸好他乐观豁达，随遇而安，寄情山水之间，倒也乐在其中。王安石变法时，苏轼认为王安石的改革措施中有一些不妥之处，因此持反对态度，所以被贬到杭州。1071年，苏轼带着家人离开京城，到杭州任通判。作为通判，除了审问案件，也没有什么重要公务，所以苏轼正好在那里度过了一段闲适快活的时光，也因此爱上了杭州的湖光山色。

然而，新党一派的御史们一直在挖空心思地给苏轼罗织罪名，还把他平日写的诗断章取义地歪曲后作为证据递交司法部门。苏轼《咏桧》诗中有一句"根到九泉无曲处，世间惟有蛰龙知"，有人在神宗面前挑拨，说飞龙代表天子，天子理应在天上，苏轼却说在九泉之下，这便是"大逆不道"。苏轼因此被逮入御史台狱。这就是宋代历史上的重大冤案——乌台诗案，"乌台"是御史台的别称。后来幸亏宋神宗亲自过问，免除了苏轼的死刑，把他贬到黄州（今湖北黄冈）任团练副使。

苏轼是1080年到达黄州的，随后弟弟苏辙把他的家人也送来了。他的好友见苏轼一家人生活艰难，就请准郡府，把过去驻兵的几十亩营地拨给苏轼。一家老小于是每天开荒种地，自给自足。苏轼把自己和家人开辟出来的这块地叫"东坡"，自称为"东坡居士"，苏东坡这个名字就是由此而来的。

苏东坡虽然挂着"团练副使"的头衔，但诏令上明文规定他"不得签书公事"，也就是说他有职无权。幸好黄州依山傍水，景色宜人。它的西北山麓，峭壁直立，横插江中，山石呈现奇异的赤红色，传说这就是当年"火烧赤壁"的古战场。

苏东坡曾多次在赤壁山下泛舟。每次游赤壁，他都不免触景生情，发出惊世浩叹。由此，中国文学史上增添了《前赤壁赋》《后赤壁赋》两篇精妙绝伦的散文。

最爱是杭州

苏轼不仅有旷世才华，而且为人旷达洒脱，富有责任心和人情味。他曾到杭州（今浙江杭州）、密州（治所在今山东诸城）、常州（治所在今江苏常州）、徐州（今江苏徐州）、湖州（今浙江吴兴）多地做官。每到一地，苏轼都竭尽所能造福地方，为百姓排忧解难。所以每次离任的时候，当地百姓都十分不舍，痛哭挽留，甚至送到几十里之外。

1089年，年过五旬的苏轼被朝廷任命为杭州太守，领军浙西。苏轼到了杭州以后，一心想要为当地百姓做点实事，甚至有一年半的时间都没翻过书。这对嗜书如命的苏轼来说，真是太反常了。苏轼在忙什么呢？他向朝廷申请了特别拨款，用于采购粮食，以挽救水灾下的百姓，又修建医坊对抗水灾后的瘟疫。他还修建西湖，疏浚盐道，稳定谷价……

当时的西湖湖水很浅，蔓草丛生，既没有美景，也没法行船。苏轼带领当地百姓挖出西湖中的湖草和淤泥，种上菱角，还从南至北筑了一条两千八百米的长堤，栽上芙蓉杨柳。为了纪念他，杭州人把他这条长堤叫作"苏堤"。西湖由此变成著名的风景胜地。

苏轼倾注了大量的心血治理西湖，西湖在他的眼中自然有着不同寻常的美。然而，苏轼想做的很多事还没有完成，就又被调离杭州。当地百姓感念他的恩德，把他的画像供在家中，每日为他行礼祈福。

漂泊也快乐

苏轼的一生经历了5朝皇帝，在仕途上历尽艰辛，屡遭迫害。这主要是因为，当时朝廷里分为变法和反变法两派势力，双方互相仇视，斗争非常激烈。苏轼不赞成王安石的变法方式，主张进行温和式的改革，这就决定了他在王安石"熙宁变法"期间不可能受到重用。但他也反对旧党的墨守成规，因此以司马光为首的保守派上台后也排挤他。

苏轼的晚年生活依然颠沛流离。1097年，苏轼又被流放到儋州（今海南儋州）。那时的海南岛属未开化地区，在那里生活可谓"饮食不具，药石无有"，条件极为艰苦，但他却能"食芋饮水，著书以为乐"。他自己盖了几间茅屋，虽然一贫如洗，过得倒是轻松自在。夏天海岛上湿热难耐，他就静坐在椰林里。有一天，他头顶着一个大西瓜，边走边唱，一个老婆婆问他："大人，你过去在朝中当大官，现在想来，是不是一场春梦？"苏轼淡然一笑，还戏称她为"春梦婆"。

直至1100年宋徽宗即位，苏轼才遇到大赦，得以北归。一路上，都有朋友和仰慕他的人簇拥着他，带他游山玩水，请他题诗写字，这时的苏轼也是极其快乐的。1101年六月，苏轼乘船到了常州。他万劫归来的消息轰动了常州，运河两岸挤满了欢迎他的百姓。同月，饱受瘴毒、肠胃、心肺、血液等疾病之苦的苏轼向皇帝上表请求退隐林下，不再北归。然而，当年七月，他的生命就走到了尽头。

苏轼的一生在政治上都没有得意过，但他始终保持着乐观正直、进取旷达，自己快乐也带给别人快乐，这也许正是他的伟大之处。

读懂 小古文 爱上 大语文

书戴嵩画牛

[北宋] 苏轼

小档案

出　　处：《苏轼文集》。

人　　物：戴嵩，唐代画家，善画牛，有作品《斗牛图》。

蜀①中有杜处士②，好书画，所宝③以百数。有戴嵩《牛》④一轴，尤所爱，锦囊玉轴⑤，常以自随。

【注释】①[蜀]地名，今四川。蜀是四川的简称。②[处士]本指有德有才而不愿去做官的人，后来也指未做官的士人。③[所宝]所珍藏的（书画）。④[《牛》]指戴嵩画的《斗牛图》。⑤[锦囊玉轴]用锦缎作画囊，用玉作画轴。

一日曝①书画，有一牧童见之，拊（fǔ）掌②大笑，曰："此画斗牛也。牛斗，力在角，尾搐（chù）③入两股④间，今乃掉尾⑤而斗，谬⑥矣。"处士笑而然⑦之。古语有云："耕当问奴，织当问婢。"不可改也。

【注释】①[曝]晒。②[拊掌]拍手。③[搐]原义是抽缩，这里指用力夹或收紧。④[股]大腿。⑤[掉尾]摇着尾巴。掉，摇。⑥[谬]错误。牧童认为画中牛"掉尾而斗"是错误的。实际上牛相斗时，既有"尾搐入两股间"的情形，也有"掉尾而斗"者。⑦[然]认为……正确。

译文

蜀地有一位杜处士，喜欢书画，他珍藏的书画有几百幅。其中一轴唐代画家戴嵩所画的《斗牛图》，杜处士尤其喜爱，用锦缎做成画套，又用玉装饰画轴，常常随身带着。

一天，杜处士把书画拿出来晾晒。有一个牧童看到这幅画，拍着手大笑，说："这幅画画的是斗牛。牛在打架时，会把力气集中到角上，尾巴夹在两条腿中间，这幅画中的牛摇着尾巴打架，画错了。"杜处士笑了，认为他说得对。古话说："耕作的事应当问奴仆，织布的事应当问婢女。"这个道理从古至今是不变的。

欣赏文言之美

这是一篇精短而生动的散文，虽然不足百字，却将人物刻画得惟妙惟肖。杜处士痴迷书画，尤其珍爱《斗牛图》，将这幅画精心装裱，随身携带。这样一幅爱若珍宝的名画却被牧童指出了瑕疵，一扬一抑，前后对比鲜明，真是可笑可叹！文章对于牧童讥笑名画的细节刻画得尤其传神，"拊掌大笑"的动作及率真的语言将牧童的天真可爱表现得淋漓尽致，杜处士对牧童的认可也体现了他豁达、平和的品性。

文章虽短，意蕴却深，书画名家败给了一个小小的牧童，从而警醒世人

读懂 小古文 爱上 大语文

不能只是坐在书斋里搞创作、做学问、定制度,而应该深入实际了解真实情况,"耕当问奴,织当问婢",实践才能出真知。从这个角度来看,也有人把这篇散文当作苏轼对变法派脱离实际、一意孤行的一种讥讽和批评。

需要指出的是,虽然经后人考证,牛打架时也有摇着尾巴的情况,但这丝毫无损这篇文章的艺术表现力及其所揭示的深刻道理。

玩笑传千古

苏轼被贬黄州期间,龙丘居士陈季常也隐居黄州。宋朝士大夫流行蓄养歌伎,所以二人饮酒谈佛时喜欢请歌伎来唱歌跳舞助兴。陈季常的夫人柳氏个性强悍而善妒,对他们请歌伎助兴的行为非常不满。有一次,二人在一起饮酒谈佛,歌伎在旁边弹唱,柳氏夫人知道后非常不高兴,就在别的屋子里"啪啪"地大声拍打门窗,陈季常听到后,赶紧遣散了歌伎。

第二天,苏轼就写了一首诗对好友进行调侃:"龙丘居士亦可怜,谈空说有夜不眠。忽闻河东狮子吼,拄杖落手心茫然。"苏轼在诗中把柳氏比作佛家护法的狮子,调笑陈季常惧内。后人据此提炼出一个成语"河东狮吼",比喻妻子悍妒,用来嘲笑惧内的人。

上神宗皇帝书（节选）

[北宋] 苏轼

小档案

出　　处：《苏轼文集》。
人　　物：神宗皇帝，即宋神宗赵顼，1067—1085年在位。

思辨在左，文学在右：宋代古文

　　熙宁四年①二月口日，殿中丞直史馆判官告院权开封府推官苏轼，谨昧万死②再拜上书皇帝陛下：

　　臣近者不度（duó）③愚贱，辄上封章言灯事④。自知渎⑤犯天威，罪在不赦，席藁（gǎo）⑥私室，以待斧钺之诛；而侧听逾旬，威命不至，问之府司，则买灯之事，寻已停罢。乃知陛下不惟赦之，又能听之，惊喜过望，以至感泣。何者？改过不吝，从善如流，此尧舜禹汤⑦之所勉强而力行，秦汉以来之所绝无而仅有。顾此买灯毫发之失⑧，岂能上累日月之明，而陛下翻然⑨改命，曾不移刻，则所谓智出天下，而听于至愚，威加四海，而屈于匹夫。臣今知陛下可与为尧舜，可与为汤武，可与富民而措刑⑩，可与强兵而伏戎虏⑪矣。有君如此，其忍负之。惟当披露腹心，捐弃肝脑⑫，尽力所至，不知其它。乃者，臣知天下之事，有大于买灯者矣，而独区区以此为先者，盖未信⑬而谏，圣人不与，交浅言深，君子所戒，是以试论其小者，而其大者固将有待而后言。今陛下果赦而不诛，则是既已许之矣，许而不言，臣则有罪，是以愿终言之。

【注释】①[熙宁四年]1071年。熙宁，宋神宗赵顼（xū）的一个年号（1068—1077）。②[昧万死]冒死，冒着死一万次的罪过。③[度]揣测、估计。④[灯事]1071年正月，神宗皇帝想在宫中办元宵灯会，特命人以半价收购四千多盖浙江生产的花灯。当时,浙江花灯全国知名,但皇家半价购买,卖灯的小贩就要亏钱,不卖的话又会被治罪,所以卖灯人叫苦连天。苏轼为民请命,写了《谏买浙灯状》,呈送神宗。后来神宗收回了此命令。⑤[渎]轻慢,不恭敬。⑥[席藁]坐卧藁上是古人请罪的一种方式,这里指请罪。藁,指用禾秆编成的席子。⑦[尧舜禹汤]中国古代四位英明的帝王,分别是指唐尧、虞舜、夏禹、商汤。⑧[毫发之失]像毛发那样微小的过失。⑨[翻然]快而彻底地。⑩[措刑]弃置刑罚。⑪[戎虏]先秦时代华夏对西方和北方的非华夏部落的称呼,这里指辽、西夏等少数民族政权。⑫[捐弃肝脑]指献出一切,甚至自己的生命。肝、脑借指身体或生命。⑬[信]取得信任。

臣之所欲言者三,愿陛下结人心,厚①风俗,存纪纲而已。

【注释】①[厚]淳厚,这里作动词。

译文

1071年二月某日,殿中丞、直史馆、判官告院同时担任开封府推官

苏轼为何反对变法

《上神宗皇帝书》是苏轼针对王安石变法给神宗皇帝提出的反对意见,洋洋洒洒近万字,中心观点有三个:结人心、厚风俗、存纪纲。这里只节选了一部分。新法在推行过程中产生了一些问题。比如有些法令存在制度缺陷,成了贪官污吏的敛财工具,损害了百姓利益。有些小人看到支持新法会破格提拔,就大肆鼓吹支持新法,也败坏了社会风气。

思辨在左，文学在右：宋代古文

的苏轼，冒死再次向皇帝陛下跪拜进言：微臣近期不顾自己的愚蠢卑贱，上奏章谈论买灯的事。我自知这样做冒犯了皇帝陛下的威严，罪过不可饶恕，就坐在家里的草席上，等待斧钺等利器来诛杀我，但我侧身恭敬地听候处罚已超过十天，也没等到陛下的命令，问了问有关机构，（得知）买灯的事已经停止了。我这才知道陛下您不仅赦免了我的罪过，还听从了我的谏言。我惊喜交集，因太过惊喜，以至于流下了感动的眼泪。为什么呢？因为陛下您改正错误毫不吝惜，听从善言就像水流向低处一样迅速自然，而这是唐尧、虞舜、夏禹、商汤这几位古代贤王勉强才可以做到的，秦汉以来也只有您能够做到。回想买灯这点微小的过失，本来也不会损害您如太阳、月亮一般光耀夺目的英明伟大，而陛下您都能迅速改正，片刻都不迟疑，这就是人们所说的聪明足以超越天下，却愿意听取

读懂 小古文 爱上 大语文

一个最愚昧的人的话；威望可以施加于四海之内，却愿意屈服于一个普通百姓。臣现在知道陛下您可以与唐尧、虞舜媲美，可以与夏禹、商汤比肩，可以让百姓富足、让刑罚弃置不用，可以增强国家的军事力量而征服西北威胁我们的政权。有如此英明的君王，我怎么忍心辜负呢！我只有披肝沥胆、鞠躬尽瘁、竭尽全力，再也想不到其他来报答陛下的方式了。当初，微臣知道天下有很多事都比买灯重要，却独独针对这件事最先提出意见，是因为考虑到如果没有取得对方的信任就提意见，即使圣人也很难接受；交情很浅而谈话的内容很深，是君子深以为戒的。所以微臣先试着谈论一件小事，而大事本来想放在后面说。如今陛下果然赦免了我的罪过而不诛杀微臣，就是默许我可以向您提意见；得到允许却沉默不说，这样的臣子是有罪的；所以我最终斗胆写下了这些话。

　　微臣想说的主要有三点：希望陛下能顺应民意、维系民心；崇尚道德、维持淳厚风俗；保留传统的法纪，不要轻易废除。

欣赏文言之美

　　针对变法引起的上下一片反对之声，苏轼希望皇帝能顺应民意、维系民心，即"结人心"；针对贪功冒进、投机取巧的风气，苏轼希望皇帝能简政无为，让社会风气归于淳厚，即"厚风俗"；针对因言获罪，朝廷惩办反对变法的谏官等行为，苏轼希望皇帝能延续宋初确立的法纪，不要随意更改，即"存纪纲"。

在提这些反对意见之前，苏轼先就神宗听从他的意见停止半价买浙灯一事狠狠夸了皇帝一通，把宋神宗提到了与唐尧、虞舜、夏禹、商汤同样的高度。这样的夸赞看似太过，但对方是掌握着生杀大权的皇帝，而且变法从一开始就是神宗的意志，反对变法相当于反对皇帝，苏轼上万言书给皇帝提意见是非常冒险的，先把神宗猛夸一顿的做法也就可以理解了。

思辨在左，文学在右：宋代古文

苏轼和王安石

苏轼和王安石可以说是一对"政敌"。苏轼屡屡对新法实行中的问题上书皇帝进行批评的行为触怒了王安石，王安石授意御史弹劾苏轼，苏轼就自请调离了京城，出任地方官。但后来苏轼因为批评新法被羁押在御史台，有人罗织罪名要置苏轼于死地。已经罢相退居江南的王安石专门为此事向神宗皇帝上书，说"岂有盛世而杀才士乎"，反对处苏轼死刑。

1080年，苏轼从黄州调任汝州，途经江宁，专程去拜访王安石。王安石听说苏轼要来，赶到渡口迎接。二人见面，相谈甚欢。

在变法这件事上，苏轼与王安石有不少分歧，二人站在不同的立场上，互相批评攻击。当他们都从政治的漩涡中抽身，人品、才学、价值观方面的相似之处又使他们从政敌变为知己，相逢一笑泯"恩仇"，共同演绎了一段君子和而不同的佳话。

记承天寺夜游

[北宋] 苏轼

小档案

出　　处：《苏轼文集》。
坐　　标：承天寺，旧址在今湖北黄冈市南。

元丰六年①十月十二日夜，解衣欲睡，月色入户，欣然起行。念无与为乐者，遂至承天寺寻张怀民②。怀民亦未寝，相与③步于中庭④。庭下如积水空明⑤，水中藻荇（xìng）⑥交横，盖竹柏影也。何夜无月？何处无竹柏？但少闲人如吾两人者耳。

【注释】①[元丰六年]1083年。元丰，宋神宗赵顼的一个年号（1078—1085）。②[张怀民]作者的朋友，当时也贬官在黄州。③[相与]共同，一起。④[中庭]院子里。⑤[空明]形容水的澄澈。⑥[藻荇]均为水生植物。

译文

元丰六年十月十二日夜间，我脱衣打算睡觉，发现皎洁的月光照进了屋里，于是高兴地起来散步赏月。想到一个人赏月没什么乐趣，就到承天寺去找张怀民。怀民也没睡，我们二人一起在庭院中散步。月光洒在院子里，就像一院澄澈的水波，水中还有水藻和荇菜纵横交织，那大概是翠竹和柏树的影子。哪一夜没有月色？哪里没有翠竹、松柏？只是少了两个像我们这样清闲的人罢了。

欣赏文言之美

这是一篇精短而绝美的小品文，写于苏轼被贬到黄州之后。当时，苏轼任黄州团练副使，一个有职无权的官，所以他十分清闲，自嘲为"闲人"。经历了乌台诗案，死里逃生的苏轼变得淡泊旷达，随遇而安，他不再奢望在政治上有所作为，而是更多地关注山水风物，花鸟竹树、清风明月都能给苏轼带来快乐，这篇小散文写的就是赏月之乐。

十月的江边深夜，应该是非常凄清的，但因为有了好友相伴，苏轼感到平和愉悦。对于月色，他并没有进行铺排，只以一句"庭下如积水空明，水中藻荇交横，盖竹柏影也"，就写尽了月光的皎洁明亮以及月移影动的空灵之美，似乎再多写一个字都是多余的了。之后，苏轼又把这澄澈的月色推而广之，自嘲月色常有、竹柏常有，只是缺少自己这样的闲人罢了。其实，这世上并不缺少闲人，缺少的只是苏轼的慧心妙笔。

东坡肉

苏轼不只是诗文大家，还是美食家。他对烹制菜肴很有兴趣，尤其擅长烧肉。他被贬黄州时就做过一种肉，还把烧肉的做法写在诗中："慢着火，少煮水，火候足时它自美。"但这个菜当时并没有名字。后来，苏轼做杭州太守时，杭州城的百姓感念苏轼的功德，每到春节的时候就纷纷抬着猪、挑着酒来给他拜年。苏轼收到肉以后，就安排家人把肉切成大方块，用他的方法炖得酥烂软糯，然后分送给疏浚西湖的工人和百姓。大家吃后，觉得这道菜味美酥香，肥而不腻，都非常喜欢，就以他的名字命名为"东坡肉"。

赤壁赋

[北宋] 苏轼

小·档案

出　　处：《苏轼文集》。

赤　　壁：关于赤壁之战发生地有多种说法，一般认为在今湖北武汉的赤矶山。文中苏轼所游是黄州的赤鼻矶（今湖北黄冈赤壁山西端），并非赤壁大战处。

　　壬（rén）戌①之秋，七月既望②，苏子③与客泛舟游于赤壁之下。清风徐来，水波不兴。举酒属（zhǔ）客④，诵明月之诗⑤，歌窈窕之章。少焉⑥，月出于东山之上，徘徊于斗（dǒu）牛⑦之间。白露⑧横江，水光接天。纵⑨一苇⑩之所如⑪，凌万顷之茫然⑫。浩浩乎如冯（píng）虚御风⑬，而不知其所止；飘飘乎如遗世独立，羽化⑭而登仙。

【注释】①〔壬戌〕宋神宗元丰五年（1082）。②〔既望〕过了望日后的第一天，通常指农历每月十六日。望日即月亮圆的那一天，通常指农历每月十五日。③〔苏子〕苏轼自称。④〔举酒属客〕举起酒杯，劝客人饮酒。属，劝请。⑤〔明月之诗〕和下文的"窈窕之章"分指《诗经·陈风·月出》及其诗句。这首诗的第一章有"舒窈纠（jiǎo）兮"的句子，所以称为"窈窕之章"。⑥〔少焉〕一会儿。⑦〔斗牛〕斗宿和牛宿，都是星宿名。⑧〔白露〕指白茫茫的水汽。⑨〔纵〕放任。⑩〔一苇〕指小船（比喻船很小，像一片苇叶）。语出《诗经·卫风·河广》："谁谓河广，一苇杭（航）之。"⑪〔如〕往。⑫〔茫然〕旷远的样子。⑬〔冯虚御风〕凌空驾风而行。冯，通"凭"，乘。虚，太空。御，驾。⑭〔羽化〕指飞升成仙。

　　于是饮酒乐甚，扣舷①而歌之。歌曰："桂棹兮兰桨，击空明②兮

思辨在左,文学在右:宋代古文

溯流光③。渺渺④兮予怀,望美人⑤兮天一方。"客⑥有吹洞箫者,倚歌⑦而和(hè)之⑧。其声呜呜然,如怨如慕,如泣如诉,余音袅袅,不绝如缕。舞⑨幽壑之潜蛟,泣孤舟之嫠(lí)妇⑩。

【注释】①[扣舷]敲着船边,指打着节拍。②[空明]指月光下的清波。③[流光]江面浮动的月光。④[渺渺]悠远的样子。⑤[美人]指所思慕的人。⑥[客]指与苏轼同游的人。⑦[倚歌]依照歌曲的声调和节拍。倚,循、依。⑧[和之](用箫)随着歌声伴奏。⑨[舞]使动用法。下文的"泣"也一样。⑩[嫠妇]寡妇。

苏子愀(qiǎo)然①,正襟危坐②而问客曰:"何为其然也?"客曰:"'月明星稀,乌鹊南飞',此非曹孟德之诗乎?西望夏口③,东望武昌④,山川相缪(liáo)⑤,郁乎苍苍,此非孟德之困⑥于周郎⑦者乎?方其破荆州⑧,下江陵⑨,顺流而东也,舳舻(zhú lú)⑩千里,旌旗蔽空,酾(shī)酒⑪临江,横槊(shuò)⑫赋诗,固一世之雄也,而今安在哉?况吾与子渔樵于江渚之上,侣鱼虾而友麋鹿,驾一叶之扁舟,举匏(páo)樽⑬以相属。寄蜉蝣(fú yóu)⑭于天地,渺沧海之一粟。哀吾生之须臾,羡长江之无穷。挟飞仙以遨游,抱明月而长终。知不可乎骤得,托遗响于悲风。"

【注释】①[愀然]容色改变的样子。②[危坐]端坐。③[夏口]古镇名,在今湖北武昌的西面。④[武昌]今湖北鄂州。⑤[缪]同"缭",盘绕、围绕。⑥[困]受困。指曹操败于赤壁。⑦[周郎]周瑜。⑧[破荆州]208年,曹操南击荆州,当时荆州刺史刘表已死,刘表的儿子刘琮(cóng)投降曹操。荆州,在今湖北、湖南一带。⑨[下江陵]刘琮投降曹操以后,曹操又在当阳的长坂击败刘备,进兵江陵。下,攻占。江陵,当时荆州首府。⑩[舳舻]船头和船尾的并称,泛指首尾相接的船只。舳,船尾。舻,船头。⑪[酾酒]斟酒。

⑫〔槊〕长矛。⑬〔匏樽〕用葫芦做成的酒器。匏,葫芦的一种。⑭〔蜉蝣〕一种小飞虫,夏秋之交生在水边,生存期很短,古人说它朝生暮死。这里用来比喻人生短促。

苏子曰:"客亦知夫水与月乎?逝者如斯,而未尝往①也;盈②虚③者如彼,而卒莫消长④也。盖将⑤自其变者而观之,则天地曾不能以一瞬;自其不变者而观之,则物与我皆无尽也,而又何羡乎!且夫天地之间,物各有主,苟非吾之所有,虽一毫而莫取。惟江上之清风,与山间之明月,耳得之而为声,目遇之而成色,取之无禁,用之不竭,是造物者⑥之无尽藏(zàng)⑦也,而吾与子之所共适⑧。"

【注释】①〔未尝往〕意思是江水虽然在不断地奔流,

两篇《赤壁赋》

此次夜游赤壁三个月后,即1082年十月十五日,苏轼与两个朋友再次夜游赤壁,又写了一篇赋。为了跟前一篇区别,人们把他后来写的那篇称为《后赤壁赋》。《赤壁赋》与《后赤壁赋》描写的都是江上夜景,前者写的是初秋时节,后者写的是初冬时节,不同季节的山水特征都在苏轼笔下得到了生动、逼真的反映。

但前者去后者来,始终滔滔不绝,如同没有流去。②[盈]满。③[虚]缺。④[消长]消减和增长。⑤[将]这里表示假设。⑥[造物者]原指"天",就是现在所说的"自然"。⑦[无尽藏]出自佛家语的"无尽藏海"(像海之能包罗万物)。⑧[适]这里是"享有"的意思。

客喜而笑,洗盏更①酌。肴核②既尽,杯盘狼籍③。相与枕藉(jiè)④乎舟中,不知东方之既白。

【注释】①[更]再。②[肴核]菜肴和果品。③[狼籍]即"狼藉",凌乱。④[相与枕藉]互相枕着垫着。

思辨在左,文学在右:宋代古文

译文

壬戌年秋天,七月十六日,我与朋友乘船到赤壁下面游玩。清风徐徐吹来,水面平静得无波无浪。我一边举起酒杯邀朋友痛饮,一边吟诵《诗经》中吟咏月出的诗句。不一会儿,月亮从东边的群山中升起,在斗宿与牛宿之间移动。白茫茫的水汽横在大江之上,水色和天光连接在一起。我们让

小船在江面上随意漂荡，越过那茫茫无边的江面。船儿飘飘摇摇，就像驾着风凌空飞起，不知到哪里才会停止；我们坐在船中，仿佛要脱离尘世，羽化成仙到达仙境一般。

此时饮酒愈发高兴，我敲着船舷唱起歌来。歌中唱道："用桂木做棹啊，用木兰做桨，小船划开清波，在月光浮动的江面上漂荡。我的心思悠远深长，遥望美人，却在天的那一方。"朋友中有人吹奏起洞箫，和着节奏为歌声伴奏。箫声呜呜咽咽，犹如充满哀怨，也如满怀思慕；既像哀哀哭泣，也像低低倾诉；尾音细弱绵长，像那连绵不绝的丝线，能使潜藏在深谷中的蛟龙为之起舞，也能使独坐在孤舟中的寡妇为之哭泣。

我的脸色也为之一变，急忙整理衣襟端坐起来并问那位朋友："箫声为什么这么哀怨？"朋友说："'月明星稀，乌鹊南飞'，这不是曹操的诗句么？向西能看到夏口，向东能看到武昌，山河环绕相连，一片郁郁苍苍，这不是曹操被周瑜围困的地方么？当初他拿下荆州，占领江陵，顺流向东，战船首尾相接绵延千里，旗帜遮蔽了天空，面对大江斟酒畅饮，横托长槊吟咏赋诗，本是当世的英雄豪杰，可如今却在哪里呢？何况我与你在江边打鱼砍柴，和鱼虾相伴，与麋鹿为友，在浩渺的江面上驾一只小船，举起酒杯相互敬酒，就像一只小小的蜉蝣置身广阔的天地间，又像大海中的一粒粟米那样渺小。可悲的是我们的人生多么短暂，所以更加羡慕长江江水滔滔无穷无尽。想要携手仙人遨游长空，怀抱明月长留世间，我知道这不可能实现，所以只能将遗憾化为箫声，寄托于这悲凉的风中了。"

我问道："你看到这江水和明月了吗？滔滔流逝如江水，而长江永在；圆缺变幻如明月，而终无增减。如果从变化的角度来看，那么天地万物时时都在变化，一刻不曾停止；如果从不变的角度来看，万物与我们都是永恒的，又有什么可羡慕的呢？况且在这天地之间，万物各有主宰，不属于自己的，即使一分一毫也不要求取。只有这江上的清风、山间的明月，传入耳中便是愉悦的声音，映入眼帘便是美丽的景色，怎么求取也不会有人禁止，随意享受也会永远无穷无尽，这是大自然恩赐的无穷无尽的宝藏，我和你可以共同享有。"

朋友听完开心地笑了，洗了洗杯盏接着饮酒。菜肴和果品都吃完了，酒杯和盘子一片凌乱。大家互相枕着靠着在船中睡去，不知不觉东方已经露出白色的曙光。

欣赏文言之美

苏轼是个绝无仅有的大才子，诗词、散文、书法、绘画样样都成名成家，而《赤壁赋》就是苏轼散文里面最知名的，想要了解苏轼不能不读。

这是一篇记游作品，记叙了苏轼与朋友夜游赤壁的经历。既然是记游，必然会有景物描写，文中的景物描写篇幅不多，但字字珠玑。"清风徐来，水波不兴"写风与水，"月出于东山之上，徘徊于斗牛之间"写月与山，"白露横江，水光接天"写江与天，风、月、山、水交织辉映，绘影绘形，有声有色，正所谓"耳得之而为声，目遇之而成色"，好一幅清丽灵动的画卷！欣赏着这样的美景，又有好友和美酒相伴，苏轼的心情是非常舒爽愉悦的。在飘飘荡荡的小船中，他甚至有了凌空御风、羽化成仙的感觉，他的情感给美妙空灵的夜景更增添了无限韵味，使得作品神采飞动、

趣味盎然。

　　苏轼在这样的夜色中，既观外物，又察内心，从"物与我"的对照中生发出了深刻的哲理。这哲理由朋友哀怨凄切的箫声引出，一问一答间将文章引向更深的层次、更高的境界。针对朋友感慨曹操的千古风流最终却了无踪迹，抱恨人生短暂、江山无穷、登仙无门，苏轼便以水逝去而仍在、月盈亏而不变的现象，阐发了变与不变的相对性，辩证说明了瞬间与永恒的关系。最后，苏轼由物及人，认为人生天地间，江上清风、山间明月就足以悦耳、悦目、悦心，人若放下烦恼投身自然，必然能达到清净、超脱的境界。这正是苏轼经历了乌台诗案、贬谪黄州后仍淡泊旷达的体现。

　　全文意象丰富，情感波澜起伏，景、情、理水乳交融、浑然一体，最终达到了诗情画意与议论理趣的完美统一，所以历代文论家都对这篇作品推崇备至。

苏轼与佛印

　　苏轼被贬黄州后，一居数年。有一天，他与好友佛印和尚一起泛舟长江。二人正在谈论佛理，苏轼突然抬手向江边一指，笑而不语。佛印顺势一看，只见一只狗正在啃骨头，顿有所悟，遂将手中题有苏轼诗句的扇子抛入江中，二人相视大笑。原来，二人的举动是一幅哑联。苏轼的上联是"狗啃河上（和尚）骨"，佛印的下联是"水流东坡诗（尸）"。

石钟山记

[北宋]苏轼

小档案

出　　处：《苏轼文集》。

坐　　标：石钟山，位于长江与鄱阳湖的交汇处，今江西湖口。

　　《水经》[1]云："彭蠡(lǐ)[2]之口有石钟山焉。"郦元[3]以为下临深潭，微风鼓[4]浪，水石相搏，声如洪钟。是说也，人常疑之。今以钟磬[5]置水中，虽大风浪不能鸣也，而况石乎！至唐李渤[6]始访其遗踪，得双石于潭上，扣[7]而聆之，南声函胡[8]，北音清越，桴(fú)[9]止响腾，余韵徐歇。自以为得之矣。然是说也，余尤疑之。石之铿然[10]有声者，所在皆是也，而此独以钟名，何哉？

【注释】①[《水经》]即《水经注》，中国古代地理名著，作者是北魏晚期的郦道元。②[彭蠡]鄱阳湖的别称。③[郦元]即郦道元。④[鼓]激荡，掀动。⑤[磬]古代打击乐器，形状像曲尺，用玉或石制成。⑥[李渤]唐代诗人，写过一篇《辨石钟山记》。⑦[扣]敲击。⑧[函胡]同"含糊"，指声音低沉不清楚。⑨[桴]鼓槌。⑩[铿然]形容敲击金石发出的响亮的声音。

读懂小古文 爱上大语文

元丰七年六月丁丑①，余自齐安②舟行适临汝③，而长子迈将赴饶之德兴尉④，送之至湖口⑤，因得观所谓石钟者。寺僧使小童持斧，于乱石间择其一二扣之，硿硿（kōng）焉⑥。余固笑而不信也。至暮夜月明，独与迈乘小舟，至绝壁下。大石侧立千尺，如猛兽奇鬼，森然⑦欲搏人；而山上栖鹘（hú）⑧，闻人声亦惊起，磔（zhé）磔⑨云霄间；又有若老人咳且笑于山谷中者，或曰此鹳鹤⑩也。余方心动⑪欲还，而大声发于水上，噌吰（chēng hóng）⑫如钟鼓不绝。舟人大恐。徐而察之，则山下皆石穴罅（xià）⑬，不知其浅深，微波入焉，涵澹⑭澎湃而为此也。舟回至两山间，将入港口，有大石当中流⑮，可坐百人，空中⑯而多窍，与风水相吞吐，有窾坎（kuǎn kǎn）镗鞳（tāng tà）⑰之声，与向之噌吰者相应，如乐作焉。因笑谓迈曰："汝识之乎？噌吰者，周景王之无射（yì）⑱也；窾坎镗鞳者，魏庄子⑲之歌钟⑳也。古之人不余欺㉑也！"

【注释】①［元丰七年六月丁丑］元丰七年六月初九，丁丑为记日，元丰七年是1084年。②［齐安］今湖北黄冈。齐安是黄州所在旧郡名。③［临汝］汝州的旧称。④［饶之德兴尉］饶州德兴县的县尉。⑤［湖口］县名，今属江西。⑥［硿硿焉］硿硿地响。⑦［森然］阴森的样子。⑧［栖鹘］宿巢的隼。鹘，隼的旧称。⑨［磔磔］鸟鸣声。⑩［鹳鹤］水鸟，似鹤而顶不红，颈和嘴都比鹤长，夜宿高树。⑪［心动］内心惊恐。⑫［噌吰］形容钟鼓的声音。⑬［罅］裂缝。⑭［涵澹］水波动荡。⑮［中流］江河水流中央。⑯［空中］中间是空的。⑰［窾坎镗鞳］窾坎，击物声。镗鞳，钟鼓声。⑱［无射］钟名，周景王下令铸造。⑲［魏庄子］即魏绛，春秋时期晋国大夫，谥号"庄"。⑳［歌钟］古乐器。郑国曾经将歌钟和其他乐器献给晋侯，晋侯分一半赐给魏绛。㉑［不余欺］即"不欺余"，不欺骗我。

事不目见耳闻，而臆断①其有无，可乎？郦元之所见闻，殆②与余同，而言之不详；士大夫终不肯以小舟夜泊绝壁之下，故莫能知；而渔工水师虽知而不能言。此世所以不传也。而陋③者乃以斧斤考击而求之，自以为得其实。余是以记之，盖叹郦元之简，而笑李渤之陋也。

【注释】①[臆断]凭主观猜测来判断。②[殆]大概。③[陋]浅陋。

译文

《水经注》中记载："鄱阳湖湖口有座石钟山。"郦道元认为，石钟山下面濒临深潭，微风吹动波浪，江水和山石互相撞击，发出的轰鸣如洪钟一般，石钟山因此得名。这个说法，人们常常怀疑。现在如果把钟、磬等乐器放在水中，即使大风大浪也不能使它们发出声音，更何况是石头呢？到了唐代，李渤寻访石钟山旧址，在深潭边找到两块山石，敲击它们，南面的那块发出的声音重浊模糊，北面的那块发出的声音清脆悠扬，鼓槌停止敲动，声音还在传播，余音慢慢停止。他以为他找到了石钟山命名的原因。但是关于这个说法，我还有疑惑。石头在敲击之下能发出响亮声音的，到处都是，单单这座山以"钟"来命名，为什么呢？

元丰七年六月初九，我从齐安坐船到临汝；长子苏迈将到饶州德兴县做县尉，我送他到湖口，因此有机会参观石钟山。山上寺庙里的僧人派小童拿着斧头，在乱石之间选了一两处敲了敲，（乱石）发出硿硿的声响。我笑了笑，并不相信。到了晚上月色明亮的时候，我和苏迈单独乘小船来到绝壁之下。山石斜插水中，足有千尺高，如猛兽，如鬼魅，阴森森的，好像要扑击我们。在山上宿巢的鹰隼，听到人声猛然惊飞起来，磔磔地叫着飞入了云霄；山谷中还有老人又咳又笑的怪声，有人说这是鹳鹤的叫声。我心下惊恐，想要回去，水面上突然发出很大的声音，厚重深沉如敲钟击鼓一般。船夫非常害怕。我慢慢观察，原来山下到处都是石洞和缝隙，不知道到底有多深，水波涌入，汹涌激荡，不断发出轰鸣。我们驾船返回，行至两座山间，快要入港口的时候，看到有一块巨大的石头位于水流中心，上面可以坐下一百多人，石头中间是空的而且有许多窟窿，清风水波涌入

读懂 小古文 爱上 大语文

涌出,发出窾坎镗鞳的声音,与之前噌吰的声音相应和,就像在演奏音乐。我笑着对苏迈说:"你知道那些典故吗?噌吰声,是周景王的无射钟发出的;窾坎镗鞳声,是魏庄子的歌钟奏出的。古人没有欺骗我啊。"

任何事情,如果不是亲眼看到、亲耳听到,凭主观臆测去判断有无或对错,怎么可以呢?郦道元的所见所闻,大致与我差不多,但是描述得不详细;士大夫们不肯乘着小船夜晚停泊在山崖绝壁下实地考察,所以不知道这些细节;渔人和船夫虽然知道却不会用文字记载。这就是世上没有流传下来石钟山命名真相的原因。浅陋的人拿着斧头敲击而探求真相,自以为得到了石钟山命名的原因。我把今晚的考察经过记录下来,从而感叹郦道元文字的简略、嘲笑李渤的浅陋。

欣赏文言之美

苏轼的作品流传千年而不衰,是因为他有一个有趣的灵魂。他历经宦海沉浮,屡遭打击和挫折,却依然保有孩子般的天真与好奇。这篇文章就是他在好奇心的驱使下而创作的。

文章开篇摆出《水经注》的记载,又说郦道元认为石钟山因"下临深潭,微风鼓浪,水石相搏,声如洪钟"而得名;唐代李渤"得双石于潭上,扣而聆之,南声函胡,北音清越",就以为找到了石钟山得名的真相。苏轼对这两种说法都有所怀疑,就于月夜乘小舟来到石钟山下实地考察。他发现"山下皆石穴罅",水波涌入,发出很大的声音,如钟鼓不绝;乘船返回至港口附近,又发现水中有一块巨大的石头,"空中而多窍,与风水相吞吐,有窾坎镗鞳之声",而且两种声音相呼应,就如奏乐一般,苏轼终于明白了石钟山得名的由来。

文章先质疑,然后实地考察,最后得出结论,文字简洁畅达、气势恢宏,是苏轼作品中的名篇。除了赏读文字之外,我们还应该学习苏轼不盲从、不轻信、实事求是的精神。"事不目见耳闻,而臆断其有无,可乎?"当然不可以。如果我们遇事能坚持独立思考,注重实践检验,必定会有更多的收获。

思辨在左,文学在右:宋代古文

苏轼的说法到底对不对

石钟山实际上是两座山,相隔不到1000米。南面一座濒临鄱阳湖,称上钟山;北面一座濒临长江,称下钟山,二山合称"双钟山"。关于石钟山得名的原因,今天的人们更倾向于"形声结合说"。

石钟山由石灰岩构成,其化学成分是碳酸钙,因为长期受到含二氧化碳的地表水和地下水冲刷,形成了奇特的溶岩地貌。山体下部几乎被掏空,长江水与鄱阳湖水灌注到溶洞内,风兴浪作,水不断地冲击石壁,就如敲响了一座巨钟,余韵绵绵,声布四方。另外,石钟山外形上尖下圆,孤峰矗立于江边湖畔的平原上,犹如洪钟覆地。苏轼之所以关注到水声而忽视了石钟山的外形,一方面是因为他于夜晚考察,看不清山的外形;另一方面是因为他考察的时间正是夏季涨水时节,石钟山的下部没入水中,使人根本无法看到其全貌。

与章子厚

[北宋] 苏轼

小档案

出　　处：《苏东坡全集》。

人　　物：章子厚，即章惇，北宋大臣，是苏轼的朋友。

某启：仆①居东坡②，作陂（bēi）③种稻。有田五十亩，身耕妻蚕④，聊以卒岁⑤。昨日一牛病几死，牛医不识其状，而老妻识之，曰："此牛发豆斑疮⑥也，法当以青蒿⑦粥啖⑧之。"用其言而效。勿谓仆谪居⑨之后，一向便作村舍翁，老妻犹解接黑牡丹⑩也。言此发公千里一笑。

【注释】①［仆］指自己。②［东坡］位于湖北黄冈赤壁西。苏轼被贬黄州并得到黄州城东的荒地后，将其命名为东坡，并自号东坡居士。③［陂］梯田。④［蚕］作动词，指养蚕。⑤［卒岁］度过年终，度过岁月。卒，终。⑥［豆斑疮］一种形如豆斑的疮疖。⑦［青蒿］一种植物，茎、叶可以入药。⑧［啖］给……吃。⑨［谪居］贬官后居于贬所。⑩［黑牡丹］牛的戏称，一说指水牛。

译文

苏轼敬启：我居住在东坡，垦荒作梯田种植稻谷。这块田地有五十亩，我亲自耕种，妻子养蚕，勉强维持生活。昨天一头牛生病快要死了，牛医不知道是什么病，我妻子却认识，说："这头牛长豆斑疮，治疗方法是给它吃青蒿粥。"使用妻子的方法后，果然奏效。我被贬官到这里后，就成了村里的一个老农，妻子还学会了给牛接生。我写出这些趣事，是想让千里之外的您轻松一笑。

欣赏文言之美

本文是苏轼给朋友章惇写的一封短信，写于苏轼被贬黄州团练副使后的第二年。被贬的苏轼有职无权，俸禄微薄到几乎没有，一家人的生活都成问题。后经朋友多方奔走，官府把黄州城东的一块荒地批给了苏轼，自此他每天早出晚归，带领家人垦荒种田。这封信就是这个时期写的。

读这封信，我们可以了解苏轼被贬黄州以后的困顿生活，更能感受到他乐观旷达、随遇而安的个性。在如此艰辛的生活中，苏轼还能饶有兴味地把生活中的趣闻琐事写信告诉朋友。可见，这是多么可爱的一个人啊！

思辨在左，文学在右：宋代古文

与范子丰

[北宋] 苏轼

小档案

出　　处：《苏轼文集》。
人　　物：范子丰，名百嘉，蜀郡公范镇第三子，是苏轼的儿女亲家。

　　临皋亭①下不数十步，便是大江，其半是峨眉雪水②，吾饮食沐浴皆取焉③，何必归乡哉！江山风月，本无常主，闲者便是主人。问范子丰新第园池，与此孰胜④？所不如者，上无两税及助役钱⑤耳。

【注释】①［临皋亭］一处水驿，位于今湖北黄冈。②［其半是峨眉雪水］旧说长江发源于四川的岷山，即岷江。因岷江流经峨眉山附近，故有此说。③［焉］文言虚词，于此、在这里的意思。④［胜］优美，多形容景物、境界等。⑤［两税及助役钱］王安石推行的新法规定，百姓一年要交两次税，分夏税和秋税。助役钱，王安石新法之一的募役法规定，原无差役者，也要减半出钱补助雇役经费，称助役钱。

译文

　　临皋亭下几十步开外便是长江，有一半的江水是峨眉山上流下来的雪水，我吃饭、喝水、洗衣、洗澡的水都取自江中，何必非要返回家乡呢！这浩浩大江、巍巍青山，还有从江面吹来的微风和从江面上升起的明月，本就不独属于任何人，谁在观赏、享受，谁就是它们的主人。听说子丰兄买了一所新园宅，跟我这里的江山风月相比，哪个更胜一筹呢？我这里不如你新园子的地方，恐怕也就是不用交夏秋两税和助役钱吧。

欣赏文言之美

这篇短文与《记承天寺夜游》，一篇写江，一篇写月，都有一种澄明空灵之美。文章开头一句"临皋亭不下数十步，便是大江，其半是峨眉雪水"，化用李白诗"江带峨眉雪"，一下便将读者的思绪由眼前的浩浩江水引到了千里之外的峨眉雪山之上，创造出一番超逸开阔的意境。苏轼接着写自己饮食沐浴皆取长江水，何必归乡，虽有思乡之意，却无思乡之愁，这是苏轼独有的豁达和超脱。之后，他有感而发，叹江山风月本无常主，落笔在一个"闲"字，与《记承天寺夜游》中的"何夜无月？何处无竹柏？但少闲人如吾两人者耳"异曲同工，表达了苏轼淡泊自适、随缘忘忧的心境。结尾处，苏轼拿眼前的江山风月与范子丰的新园第对比，顺便讽刺了一下新法，可见御史台的遭遇仍未改变苏轼对新法的态度。

思辨在左，文学在右：宋代古文

狱中送鱼

苏轼下御史台狱后，儿子苏迈每天去监狱给他送饭。由于父子不能见面，因此二人就暗中约好，平时只送蔬菜和肉食，如有死刑判决的坏消息，就改送鱼，好让苏轼早做准备。有一天，苏迈将为苏轼送饭这件事情委托给一位远亲，却忘记告诉远亲暗中约定的送肉送鱼之事。

那个远亲送饭时，给苏轼送去了一条熏鱼。苏轼一见大惊，以为自己死期已至，极度悲伤，挥笔向弟弟苏辙写下了两首诀别诗。后来，苏轼了解了事情的原委，不胜唏嘘。

二红饭

[北宋] 苏轼

小档案

出　　处：《东坡小品》。
写作背景：本文写于苏轼被贬黄州生活困顿之时。

今年收大麦二十余石（dàn）①，卖之价甚贱。而粳米适②尽，乃课③奴婢舂（chōng）④以为饭。嚼之，啧啧有声，小儿女相调⑤，云是嚼虱子⑥。日中⑦饥，用浆水淘食之，自然甘酸浮滑，有西北村落气味。今日复令庖人⑧杂小豆作饭，尤有味。老妻大笑曰："此新样二红饭⑨也。"

【注释】①［石］古代容量单位。②［适］恰巧，恰好。③［课］督促完成指定的工作。④［舂］把东西放在石臼或乳钵里捣去皮壳或捣碎。⑤［调］调侃。⑥［虱子］一种小昆虫，常寄生在猪、牛等家畜

阅读提示

苏轼到黄州后，生活一度非常困窘，他不得不严格控制支出。据传，他把全家人每天的花销限制在一百五十文。每月的初一，他会取出四千五百钱，分成三十份，用叉挑起来挂在屋梁上。每天需要花钱的时候，就挑下一串来。正是在这种情形下，全家人才会以大麦饭充饥，并在艰苦的生活中自得其乐。

和人的身体上，吸食血液。⑦[日中]中午。⑧[庖人]厨师，这里指做饭的仆人。⑨[二红饭]大麦颜色发红，小豆也是红色，所以称二红饭。

译文

我们今年收获了二十多石大麦，出售的价格太低，正好家里的稻米也吃完了，我就督促仆人们捣去麦壳充粳米做饭吃。大麦饭嚼在嘴里会发出啧啧的声音，孩子们调侃说这感觉就像在嚼虱子。中午觉得饥饿时，我们用水淘洗大麦煮饭吃，感觉香甜中带着微酸，入口浮滑，别有一种西北村落的野味。今天我又让仆人掺杂了小豆做成大麦饭，尤其有味道。妻子大笑着说："这是新式的二红饭。"

欣赏文言之美

这篇小品文创作于苏轼被贬谪黄州、躬耕东坡之时。读这篇文章，我们应注意两个细节，一是苏轼一家此时生活之艰辛困顿，二是全家人苦中作乐的豁达情怀。

此时，苏轼一家米仓见底，稻米已经吃完，幸亏从东坡刚收获了二十多石大麦，才不至于断炊。因大麦价格太低，卖了也买不回多少米，苏轼索性拿来煮饭。大麦饭跟香甜软糯的白米饭是没法比的,口感又涩又硬,嚼起来还会发出"啧啧"的声音,但一家人不以为苦,孩子们还开玩笑说嚼大麦饭像是嚼虱子。苏轼及家人想尽办法改善大麦饭的口感,尝试掺杂红小豆煮饭,妻子开玩笑说这是新式的二红饭。从锦衣玉食改为粗茶淡饭,全家人不以为意,反而能从艰难的生活中发现种种乐趣,或许这就是苏轼一生被一贬再贬、备尝辛酸却依然不改其志的原因吧。

临江仙

【宋】苏轼

夜饮东坡醒复醉,归来仿佛三更。家童鼻息已雷鸣。敲门都不应,倚杖听江声。

长恨此身非我有,何时忘却营营?夜阑风静縠纹平。小舟从此逝,江海寄余生。

作这首词时的苏轼已在黄州安顿下来。劳作之余,苏轼在这里畅饮,醉了又醒,醒了又醉,等回到家中,差不多是三更时候了。看门的家童已经睡着,鼾声如雷,苏轼敲不开门,只能拄着拐杖听江水涛涛。

面对不如意的境况,苏轼以庄子的豁达和飘逸来开解自己。他化用庄子的"汝身非汝有也",希望自己能早点脱离俗世羁绊,乘一叶小舟,投身江海,在无尽的自然中达到物我两忘的境界。

李格非：文采惊人的美男子

李格非（约1045—约1108），字文叔，济南章丘（今属山东济南）人，北宋文学家。他年少时就很聪慧，成年后更是满腹才华，曾专心研究经学，并完成了几十万字的专著《礼记说》。李格非在诗词歌赋方面也下过苦功，诗词写得非常工致。除了才华傍身，李格非的颜值也非常高。宋史形容他"俊警异甚"，这是史书给予人物相貌非常高的评价了。

李格非为人正直清廉。他担任郓州教授时，家里清贫，郡守就想让他兼任其他官职，多些收入且不违反当时的规定，但李格非婉言谢绝。他任广信军通判时，当地一个道士装神弄鬼，诈骗百姓钱财，生活豪奢。有一次李格非在大街上遇见道士，命令差役把他从车里揪出来，杖责二十，驱逐出境，为当地除去一害。

李格非出身名门世家，又娶了北宋名臣王拱辰的孙女，这样的身份地位使得他与当时的名门望族颇有往来。经过大量考察，他写了一部园林建筑专著《洛阳名园记》，描写当时权贵们在洛阳建造的私宅园圃。这部书不仅文笔优美，而且总结了不少园林建筑的精髓，是关于北宋私家园林的重要文献。

李格非有个女儿比他名气还大，这个女儿就是后来被誉为"千古第一才女"的李清照。

思辨在左，文学在右：宋代古文

书洛阳名园记后

[北宋] 李格非

> **小档案**
> 出　处：《洛阳名园记》。

洛阳处天下之中，挟①崤②、渑③之阻，当秦、陇之襟喉④，而赵、魏之走集⑤，盖四方必争之地也。天下常无事则已，有事则洛阳必先受兵⑥。予⑦故尝曰："洛阳之盛衰，天下治乱之候⑧也。"

【注释】①[挟]挟持、凭借。②[崤]山名，在今河南洛阳洛宁县北面，位于函谷关东端，地势险要。③[渑]即渑池，在今河南渑池县西，古代九塞之一。④[襟喉]衣襟与咽喉，比喻要冲之地。⑤[走集]边境上的壁垒。⑥[受兵]遭受战争之苦。⑦[予]我。⑧[候]征兆，迹象。

方①唐贞观②、开元③之间，公卿贵戚开馆列第于东都④者，号千有余邸。及其乱离，继以五季⑤之酷，其池塘竹树，兵车蹂践，废而为丘墟；高亭大榭，烟火焚燎，化而为灰烬，与唐共灭而俱亡者，无余处矣。予故尝曰：园圃之废兴，洛阳盛衰之候也。且天下之治乱，候⑥于洛阳之盛衰而知；洛阳之盛衰，候于园圃之废兴而得；则《名园记》之作，予岂徒然⑦哉？

【注释】①[方]正当。②[贞观]唐太宗年号，627—649年使用。③[开元]唐玄宗年号，713—741年使用。④[东都]即洛阳。⑤[五季]指（后梁、后唐、后晋、后汉、后周）五个朝代。⑥[候]这里作动词，看出征兆的意思。⑦[徒然]白白地。

呜呼！公卿大夫方进于朝①，放乎一己之私意以自为，而忘天下之治忽②，欲退享此乐，得乎？唐之末路是矣！

思辨在左,文学在右:宋代古文

【注释】①[进于朝]在朝廷当官,被朝廷提拔、任用。②[治忽]治理与怠忽,指国家的安定与荒乱。

译文

　　洛阳地处国土中部,西边有殽山和渑池的险阻,正处在秦川、陇地的要冲,赵国、魏国纷纷在这里建造军事壁垒,是四方必争之地。天下要是太平无事就罢了,一旦发生战争,洛阳必定是第一个遭受兵灾。所以我曾经说:"洛阳的强盛或衰落,是天下太平或战乱的征兆。"

　　在唐朝贞观、开元年间,王公贵族、皇亲国戚纷纷开始在东都洛阳建造公馆府邸,号称共有一千多家。到了唐末乱世,贵族们流离失所,再加上五代期间的惨痛破坏,府邸里的池塘、竹林、树木被兵车蹂躏践踏,成为一片废墟;府邸里高大的亭台水榭,被战火焚毁,成为一片灰烬;这些豪华的宅第随着唐朝一起灰飞烟灭,没有留下一处。因此我曾说:"园林府邸的兴盛和荒废,是洛阳繁盛或衰落的征兆。"况且天下的太平或战乱,从洛阳的强盛或衰败中就可以看出征兆;洛阳的强盛或衰落,从园林公馆

121

的兴旺或荒废中就可以看出征兆。那么《洛阳名园记》这部作品，难道是徒费笔墨、白写的吗？

唉！正效力于朝廷的公卿士大夫们，若放纵自己的私欲任性妄为，却忘了天下太平或动乱的大事，还想着退隐后在洛阳享受园林之乐，能够实现吗？唐朝最后走向穷途末路就是前车之鉴！

欣赏文言之美

李格非治学、写作都非常严谨，他主张写诗作文不可以随便，一要下功夫，二要有深意。上面这篇为《洛阳名园记》所写的后记，就深刻体现了他严谨的治学态度和严肃的创作主张。

文章第一段从空间角度起笔，从洛阳的战略位置谈起，得出结论——"洛阳之盛衰，天下治乱之候也"。第二段从时间角度起笔，回顾了从唐至五代时期洛阳私家园林的兴废，得出结论——"园圃之废兴，洛阳盛衰之候也"；接着，紧承上面两个结论，从洛阳盛衰可以看出天下治乱，从园林兴废可以看出洛阳兴衰，这正是作者创作《洛阳名园记》的深层原因。第三段进一步论述，希望官僚士大夫阶层享受园林之美的同时能心忧天下、为国为民，切勿重蹈唐朝灭亡的覆辙。

文章虽然不长，但论事议理逻辑严密、丝丝入扣，文字简洁精当、一气呵成，是中国古代散文的名篇。

李纲：抗金名臣，民族英雄

李纲（1083—1140），字伯纪，邵武（今属福建）人，抗金名将，被誉为民族英雄。

1112年，李纲进士及第，后累官至太常少卿。1126年年初，金兵大举入侵汴京，徽宗传位给钦宗，让其号召天下。钦宗看到金兵来势凶猛，也想离京躲避。李纲力排众议，几次哭求钦宗留下，带领汴京军民同仇敌忾、共抗金兵。一次，钦宗乘坐的车马已经备好，禁卫军的衣甲也已穿好，众人就要出发离京。李纲拦住钦宗说："六军将士的父母妻儿都在京城，万一他们半途跑回来，将由谁来保卫陛下呢？敌人已经逼近，知道陛下走得不远，如果用快马追赶，陛下将用什么来抵御呢？"钦宗这才放弃了逃跑的念头。本是一介文臣的李纲被钦宗任命为亲征行营使，他积极备战，并亲自登上城墙督战，打退了金兵的进攻，取得了汴京保卫战的胜利。

可惜，汴京危机解除不久，李纲就被排挤出朝廷。1126年八月，金兵再次大举南下，钦宗慌忙招李纲进京御敌，可惜李纲走到半路，金兵就攻破了汴京，虏走了徽、钦二帝，北宋灭亡了。

赵构登基建立南宋后，曾任用李纲为相改革内政。可惜朝中主和派势力太大，李纲主政仅仅七十多天便被罢相。此后，李纲屡遭贬谪，但其抗金之志不改。金人也忌惮李纲，每逢宋朝使者到金国，对方都问李纲是否安好，李纲对金人的威慑力可见一斑。

思辨在左，文学在右：宋代古文

李纲传（节选）

《宋史》

> **小档案**
>
> 出　　处：《宋史·李纲传》。
>
> 写作背景：1126 年年初，李纲率汴京军民抵抗金兵进攻，金兵见不能取胜，提出跟宋议和。宋朝派李梲为使者去谈判，金人要宋朝赔偿金币以千万两计，还让宋朝割让太原、中山、河间三镇。李梲没有反驳，全数接受。

召对延和殿，上①迎谓纲曰："朕顷在东宫，见卿论水灾疏，今尚能诵之。"李梲使金议割地，纲奏："祖宗疆土，当以死守，不可以尺寸与人。"钦宗嘉纳②，除③兵部侍郎。

【注释】①［上］指宋钦宗。②［嘉纳］赞许并采纳。③［除］任命官职。

译文

宋钦宗召李纲延和殿觐见。李纲进来后，钦宗迎上前说："我不久前在东宫看到你的那篇《论水灾疏》，现在还能背诵出来。"李梲出使金国与金人谈判割地的事，李纲上奏章道："祖宗留下来的疆土，当拼死守卫，一尺一寸都不能割让给别人。"钦宗赞许并采纳，任命李纲为兵部侍郎。

欣赏文言之美

《宋史·李纲传》原文很长，涉及很多复杂的历史信息，所以本文只节选了三句话。这三句话包含两层意思。第一句表明宋钦宗对李纲的礼遇和赞赏。金人南下之初,宋徽宗就吓破了胆,他命令太子赵桓镇守汴京,自己打算溜之大吉。李纲等人上血书给徽宗,劝其禅位,让太子以皇帝之尊号令天下兵马,以御外侮。徽宗采纳,赵桓继位,是为钦宗。刚继位的钦宗自然对李纲另眼相看,"迎谓纲曰""尚能诵之"也就不足为奇了。

文章的第二句话表明了李纲一贯的鲜明立场,作为宋代朝廷中坚定的主战派,李纲一生都在为富国强兵、抵抗金人而努力。"祖宗疆土,当以死守,不可以尺寸与人",这句掷地有声的话今天读来仍然令人血脉偾张,激励我们这些后来者为维护国家的主权和领土完整而努力。

病 牛

【宋】李纲

耕犁千亩实千箱,力尽筋疲谁复伤?
但得众生皆得饱,不辞羸病卧残阳。

这首诗中的病牛,就是诗人自喻。病牛耕耘千亩田地生产无数粮食,累得筋疲力尽,可是谁会怜惜它呢?这就好比李纲为了国家社稷一力主战,为了富国强兵费尽心力,却遭到投降派的各种排挤,还被皇帝逐渐厌弃,遭贬谪、被放逐,其中的愤懑难过又有谁能够理解呢?即使他忠心辅佐的皇帝都不支持他,但为了国家、为了百姓,李纲仍然矢志不渝、九死不悔,就像那头病牛一般,如果能让百姓都吃饱饭,自己累得病倒卧在残阳之下,又有什么可惜的呢?

读懂 小古文 爱上 大语文

陆游：但悲不见九州同

陆游（1125—1210），字务观，号放翁，越州山阴（今浙江绍兴）人，南宋文学家、史学家、诗人。陆游从小聪慧，十二岁就能作诗、写文章。长大后参加科举考试，陆游因为压过了秦桧的孙子，被秦桧打压排挤。秦桧死后，陆游才得以升官。

南宋朝堂分为主战和主和两派，主和派一直势大，深受皇帝支持。在这种情况下，依附主和派必能升官发财，但陆游是一个坚定的主战派，而且一生都在呼吁北伐，呼吁收复中原，所以他仕途一直不得意，屡屡被弹劾、贬官。人到中年，陆游应四川宣抚使王炎征召，到南郑幕府任幕僚。可惜没多久，南郑幕府解散，陆游又入蜀投奔四川制置使范成大。

在举国都偏安一隅、及时行乐的思想影响下，陆游率军直捣金国的梦想一直没有实现。他只能通过诗句哀叹金人奴役下中原百姓的悲苦生活，"遗民泪尽胡尘里，南望王师又一年"；通过诗句重温当年金戈铁马的军旅生活，"夜阑卧听风吹雨，铁马冰河入梦来"；通过诗句发出愤懑的呐喊，"楚虽三户能亡秦，岂有堂堂中国空无人"。

陆游一生都没能等来南宋收复中原。临死前他还告诫儿孙后代："王师北定中原日，家祭无忘告乃翁。"

巫山神女峰

[南宋] 陆游

小·档案

出　处：《入蜀记》，是陆游在入蜀途中写的日记。

坐　标：巫山神女峰，相传是巫山神女居住处，位于今重庆市巫山县城东巫峡大江北岸、长江三峡风景区内。

　　二十三日，过巫山凝真观①，谒②妙用真人祠③。真人，即世所谓巫山神女也。祠正对巫山，峰峦上入霄汉，山脚直插江中。议者谓太华④、衡、庐，皆无此奇。然十二峰者，不可悉见。所见八九峰，惟神女峰最为纤丽奇峭，宜为仙真⑤所托。祝史⑥云："每八月十五夜月明时，有丝竹之音，往来峰顶，山猿皆鸣，达旦⑦方渐止。"庙后山半，有石坛平旷。《传》⑧云："夏禹见神女，授符书于此。"坛上观十二峰，宛如屏障。是日，天宇晴霁，四顾无纤翳⑨，惟神女峰上有白云数片，如鸾鹤翔舞，裴徊⑩久之不散，亦可异也。

【注释】①[凝真观]道教观名，内有巫山神女祠。②[谒]进见。③[祠]供奉祖宗、鬼神或先贤的处所。④[太华]华山的雅称。⑤[仙真]指巫山神女。⑥[祝史]指祠中的主持。⑦[旦]早晨。⑧[《传》]指《神仙传》。⑨[纤翳]一丝一毫的云彩。翳，遮盖，这里指云。⑩[裴徊]同"徘徊"。

　　祠旧有乌数百，送迎客舟。自唐夔州刺史李贻①诗已云"群乌幸胙②余"矣。近乾道元年③，忽不至。今绝无一乌，不知其故。泊清水洞，洞极深。后门自山后出，但黮闇（dàn àn）④，水流其中，鲜能入者。岁旱祈雨颇应。

【注释】①［李贻］应该是李贻孙。李贻孙是唐代人，曾任夔州刺史。②［胙］古代祭祀时所用的肉。③［乾道元年］1165年。④［黯闇］黑暗；没有光。

译文

二十三日，我经过巫山凝真观，去拜访妙用真人祠。妙用真人，就是人们所说的巫山神女。神女祠正对巫山，山峰高高矗立，直入云霄，山脚直直地插入江中。人们说的华山、衡山、庐山，都没有这里的山奇妙。可是巫山十二峰，并不都能看见。我所能看到的八九座山峰，唯有神女峰最为纤细秀丽，适宜作为神女的化身。祠中的主持说："每到八月十五夜月色清朗时，就会有美妙的音乐在峰顶循环往复，山上猿猴齐鸣，一直到天亮才渐渐停止。"在庙后面的半山腰，有一座石头平台平

巫山神女的传说

巫山一带，自古就流传着一个美丽的神话。传说炎帝有一个女儿叫瑶姬，还没有出嫁就夭亡了，死后精魂化为蓄草（一说灵芝）。若干年后，蓄草化身为一位美丽的女子。楚怀王到湖北云梦泽打猎，在高唐馆中午睡，梦见了一位袅袅婷婷、姿容绝世的女子。楚怀王醒来后不能忘情，寻游到巫山，只见峰峦秀丽、云蒸霞蔚，当地百姓说这些云霞是神女所化，"旦为朝云，暮为行雨"，楚怀王就在巫山临江一侧修庙筑祠，命名为"朝云"以示纪念。

整宽大。《神仙传》中说:"夏禹遇见巫山神女,神女在此地传授符箓仙书给他,助他治水成功。"站在石坛上眺望,巫山十二峰就像一道道屏障。这一天,天气晴朗,四周没有一丝云彩,唯在神女峰的上空有几片白云,像鸾鸟和仙鹤在飞舞,久久徘徊不散,也是很奇妙了。

神女祠内以前有数百只乌鸦,迎送来往的客船。唐代时夔州刺史李贻在诗中已经写道"一群乌鸦有幸能吃到祭祀后的祭肉"。从临近乾道元年开始,乌鸦们忽然不来了。现在这里一只乌鸦也没有了,不知道是什么缘故。我们的船停泊在清水洞,洞非常深。洞的后门一直通到山的后面,这里光线特别暗,水流入洞中,很少有人从这里进去。天旱时,在这里求雨很灵。

欣赏文言之美

陆游乘船入蜀,途中遍访名胜古迹,饱览了长江两岸的大好河山,途经巫山神女峰时,写下了这篇融记事、抒情、描写、考证于一体的游记散文。

文章从拜谒神女祠开始写起,引入令人浮想联翩的神女,开篇即为文章蒙上了一层神秘的色彩。作者描写自己站在祠中所见的巫山,以"峰峦上入霄汉,山脚直插江中"写巫山之奇险,华山、衡山、庐山都比不

上；以"纤丽奇峭"描写神女峰的秀丽，突出神女峰独特的奇姿丽态；通过神女祠主持之口描写八月十五夜仙乐飘飘、猿猴齐鸣的奇景，为神女峰更增添了一层浪漫、一重梦幻，令人悠然神往。之后，作者移步换景，登上半山腰的石坛，巫山十二峰尽收眼底，宛如一道道翠绿的屏障。此时，平时颇多云雨的巫山难得放晴，碧空如洗，纤尘不染，唯有神女峰的上空有几缕白云缠绕，让作者留下了最精彩、最灵动的一笔"惟神女峰上有白云数片，如鸾鹤翔舞，裴徊久之不散"。至此，读者的思绪被作者牵引着，来到了那缥缈神奇的神女峰巅，来到了白云轻舒漫卷的云霄，读者的情感也与曼妙的神女峰化为一体，完成了阅读与审美的升华。

最后一段，作者的笔触又回到神女祠，记叙周围的环境，圆满结束整篇文章。

卜算子·咏梅

【南宋】陆游

驿外断桥边，寂寞开无主。
已是黄昏独自愁，更著风和雨。
无意苦争春，一任群芳妒。
零落成泥碾作尘，只有香如故。

陆游坚决主战，因为不被当朝占优势地位的主和派所容，所以陆游的一生都是失意的。陆游屡屡遭受挫折和打击，在忧愁苦闷中将自己比作一枝绽放在凄风冷雨中的梅花，既已被宵小之辈妒忌迫害，哪怕坠落污泥被碾作尘土，他高洁的气节和情操依然如故，初心不改。

肃王与沈元用

[南宋] 陆游

> **小档案**
>
> 出　处：《老学庵笔记》，老学庵是陆游的书斋名。
>
> 人　物：肃王，名赵枢，宋徽宗的第五个儿子，封肃王。
> 　　　　沈元用，即沈晦，字元用，徽宗宣和年间状元，历任建康、镇江等地知府。

　　肃王与沈元用同使虏①，馆②于燕山愍（mǐn）忠寺③。暇日无聊，同行寺中，偶有一唐人碑，辞皆偶俪④，凡三千馀⑤言。元用素强记，即朗诵一再⑥；肃王不视，且听且行，若不经意。元用归，欲矜⑦其敏，取纸追书⑧之，不能记者阙（quē）⑨之，凡阙十四字。书毕，肃王视之，即取笔尽补其所阙，无遗者，又改元用谬误四五处，置笔他语，略无矜色。元用骇服⑩。

【注释】①［虏］指长期与宋对峙的金国。②［馆］这里作动词，住馆驿的意思，引申为短暂寄居。③［愍忠寺］位于北京宣武门外，现名法源寺。④［偶俪］对仗工整。⑤［馀］同"余"，多的意思。⑥［再］又，表示重复的动作。⑦［矜］自夸。⑧［书］写。⑨［阙］通"缺"，缺少。⑩［骇服］吃惊佩服。

译文

　　肃王与沈元用一同出使金

读懂 小古文 爱上 大语文

国,寄居在燕山的愍忠寺。闲暇的日子无事可做,二人便在寺中散步游览,偶然见到一个唐代人遗留的石碑,碑文词句工整、文辞优美,一共有三千多个字。元用记性一向很好,就反复诵读了几遍。肃王不看石碑,一边走一边听沈元用诵读,仿佛丝毫不在意这件事。回到住处以后,元用想夸耀一下自己的敏慧,就取出纸张根据记忆默写碑文,记不清的地方就先空着,共空缺十四个字。元用写完后,肃王看了看,拿过笔把空缺的地方都补上了,没有遗漏一个字,还改了四五处元用记错的地方,改完后放下笔谈论其他的事,脸上没有一点得意的神色。元用对此既吃惊又佩服。

欣赏文言之美

这篇记事小品文是关于一场记忆力"比赛"的有趣实录,"比赛"双方分别是沈元用和肃王。沈元用"素强记",所以一心想夸耀自己的聪明敏慧,一则三千多字的碑文,只诵读几遍就能大体默写出来。说实话,这样的记忆力已经是很惊人的了。但更惊人的还在后面,肃王看似漫不经心、毫不在意,只听沈元用诵读了几遍碑文,竟然就能把沈元用缺漏的字一一补上,还把沈元用记错的字改正过来,这记忆力比沈元用又高出了几个段位,简直是过"耳"成诵了。

文章笔墨不多,但人物塑造得非常成功。沈元用的骄傲、得意、自夸与肃王的谦逊、淡然、举重若轻形成了鲜明的对比,这一对比将人物的神态和性格活灵活现地表现了出来。

朱熹：天才的儒学大师

朱熹（1130—1200），字元晦，一字仲晦，徽州婺源（今属江西）人，南宋著名的理学家、思想家、教育家。朱熹从小聪明异常，刚会说话的时候，父亲朱松抱着他，指着天空说："这是天。"小朱熹问："天的上面是什么？"父亲听后大为惊异。

长大后的朱熹很快考中了进士，但他并不热衷做官，屡屡辞官，后来推辞不过，才出任地方官。他为官清正廉洁，爱民如子。凡是损害百姓利益的法令制度，他全部废除，所以政绩显著。不过，他最大的贡献在于著书立说和兴办教育。朱熹认为，古代圣贤的思想学说流散在典籍之中，缺乏系统和清晰的阐述，所以含混隐晦，人们弄不明白。于是，朱熹殚精竭虑，深入探究古代圣贤的思想，并把自己的研究成果写出来。他所写的书在世上广泛流传。

朱熹死后，朝廷把他为《大学》《论语》《孟子》《中庸》作注的书作为官办学校的教材。朱熹被人们尊称为朱子，是孔子、孟子以后极为杰出的弘扬儒学的大师。

人有耻，则能有所不为

[南宋]朱熹

小档案

出　　处：《朱子语类》。
名　　句：人有耻，则能有所不为。

人须是有廉耻①。孟子曰："耻之于人大②矣！"耻便是羞恶之心。人有耻，则能有所不为。今有一样人不能安贫，其气销屈③，以至立脚不住，不知廉耻，亦何所不至！

【注释】①［廉耻］廉洁的操守和知羞耻之心。②［大］重大，重要。③［销屈］消沉抑郁。

译文

做人要有廉洁的操守和知羞耻之心。孟子说："羞耻之心对人至关重要。"这里所说的耻，就是懂得羞耻和好坏之心。人们懂得羞耻，就不会为所欲为，就能够不去做不该做的事。现在，有些人不能安贫乐道，身上的正气消沉抑郁，以至于难以在天地之间立足，没有廉洁的操守和羞耻心，还有什么是他不敢做、不能做的！

欣赏文言之美

儒家主张修身、齐家、治国、平天下，本文节选的这几句话就是朱熹对于修身方面的阐述。朱熹认为，人若要提高自身的修养，首先要有廉洁的操守和知羞耻之心。人有了羞耻心，就有了内在的约束力，做事就会有原则、有底线，就不会放纵自己为所欲为。

我们从小就要懂得什么是好、什么是坏，以做好事为荣，以做坏事、恶事为耻，只有这样，才能逐渐形成正确的三观，才能走上正途，长大后才能堂堂正正地生活在天地间。

思辨在左，文学在右：宋代古文

劝学诗

【南宋】朱熹

少年易老学难成，一寸光阴不可轻。
未觉池塘春草梦，阶前梧叶已秋声。

朱熹的一生都致力于学问的研究，可以说是孜孜以求、殚精竭虑。他希望天下学子都能勤奋努力，学有所成，所以写下了这首劝学诗。诗开篇即指出时光匆匆、人生易老，所以不可浪费时间、虚度光阴。人们还没能从美丽的春梦中醒来，台阶前的梧桐树叶已经在秋风中沙沙作响了，诗人借这两个优美的意象极言时光流逝之快，告诫人们要趁着青春年少，抓紧时间学习。

读懂 小古文 爱上 大语文

陆九渊:"心学"的一代宗师

陆九渊(1139—1193),字子静,自号存斋,抚州金溪(今属江西)人,南宋著名的思想家和教育家。因为他曾在象山精舍(象山书院前身)讲学,所以被称为"象山先生"。陆九渊从小就爱思考,喜欢寻根问底。他三四岁的时候曾经问父亲:"天地的尽头在哪里?"父亲尴尬地笑笑,回答不上来。

陆九渊做官很有政绩,但他做学问、讲学的成就和影响力更大。他将孟子的学说发扬光大,形成一个新的学派——心学。明代哲学家王守仁继承了他的这一学说,并使心学在中国明清两代产生了巨大的影响力。陆九渊与同时代的另一大思想家朱熹在学术方面有分歧,二人曾经在一起钻研讨论,还曾展开辩论。陆九渊一生大部分时间都在传道、授业、解惑,引导世人回归古圣贤之道,受到他启发和教育的学子可谓成千上万。

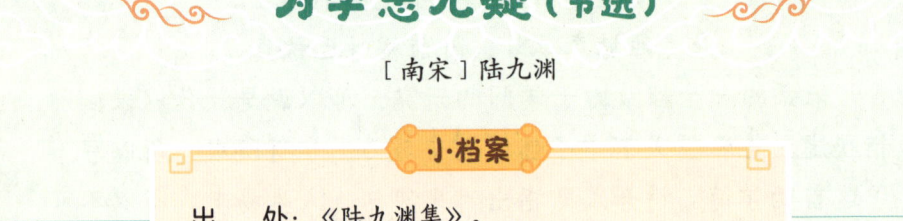

为学患无疑(节选)

〔南宋〕陆九渊

小·档案

出　　处:《陆九渊集》。

为学患①无疑,疑则有进②,小疑则小进,大疑则大进。

【注释】①〔患〕担心,忧虑。②〔进〕进步,进益。

人之知识,若登梯然①,进一级,则所见愈广。

【注释】①［然］……的样子。

读书切戒在慌忙，涵泳①工夫兴味长。未晓②不妨权③放过，切身须要细思量。

【注释】①［涵泳］深入体会，这里指沉浸于诗书之中。②［晓］明白，知道。③［权］暂且，姑且。

译文

做学问最怕没有疑问，有了疑问才能有进步、有收获，有小疑问就会有小的进步，有大疑问就会有大进步。

人们学习知识就像登梯子，前进一级就会有更广博的见识。

读书切忌急急忙忙，沉浸在书中，反复品味，才能体会出无穷的兴趣与意味。看不明白的地方可以先放过，但对跟自己密切相关的地方，要深入思考、探究。

欣赏文言之美

上面三段话分别摘自《陆九渊集》，是陆九渊谈论读书、做学问的方法。陆九渊一生不喜欢写书，目前传世的《陆九渊集》，是学生整理的他的书信、诗文、讲义以及他在讲学、授课时的语录。

第一段，陆九渊谈的是思考和质疑对于求学的重要意义。独立思考是做学问的前提，思考必然会产生疑问，解决疑问的过

读懂 小古文 爱上 大语文

程就是学问精进的过程。可见，陆九渊是反对读死书、死读书的，这一点与孔子主张的"学而不思则罔，思而不学则殆"有相通之处。

第二段，陆九渊用了一个形象的比喻，来阐述学问、知识进益对人的重要意义。知识多了，人的见识、思想会到达一个更高的境界，好比登梯子攀上了更高一级，自然会豁然开朗。

第三段，陆九渊谈的是读书的方法。他告诫学子们读书一定要沉浸进去，反复咀嚼、品味，才能充分吸收书中的思想，体会到其中的趣味。但读书也不必一味寻根究底，可以放过一些小的疑问，不过千万别放过那些自己特别有感触、与自己的观点能碰撞出火花的地方，应该赶快深入思考、探究，甚至需要提笔将自己的感悟和收获写成文章。这样才能在读书治学方面尽快取得成就。

宋代书院

书院是中国古代的教育机构之一。不少宋代书院由富商、学者自行筹款兴建、运营，在山林僻静之处建学舍，置学田收租，来充当书院的经费。朱熹在知南康军时，主持修复白鹿洞书院，并自任洞主，制定了一套完备的规章制度。书院打破了官办学校只有官宦子弟才能读书的垄断地位，使平民百姓也有了获得教育的机会。宋时，著名的书院有白鹿洞书院、岳麓书院、应天书院、石鼓书院、嵩阳书院等。

祝穆：旅游达人爱分享

祝穆（？—1255），字伯和，又字和甫，晚年自号"樟隐老人"，祖籍江西婺源，后徙居福建崇安。祝穆幼年丧父，入读朱熹家塾，曾跟随朱熹学习，因为祝穆的父亲祝康国是朱熹的表弟。祝穆从小极爱读书，到了手不释卷的程度，而且兴趣广博，所读之书门类众多。祝穆不仅爱读书，还爱旅游。成年后，他到吴、越、荆、楚等地登高览胜，临水探幽，遍访民风民俗，为之后著书立说积累了丰富的资源。

晚年时，祝穆在溪边筑房，专心编书著书。他将自己的房子命名为"南溪樟隐"，还专门建了一座藏书楼来购书藏书。在这里，祝穆将自己早年外出游历的所见所闻分享出来，写成了一部地理学著作——《方舆胜览》，共计七十卷。他还完成了一百七十卷的《事文类聚》。祝穆撰写了脍炙人口的散文《南溪樟隐记》后，不久辞世。

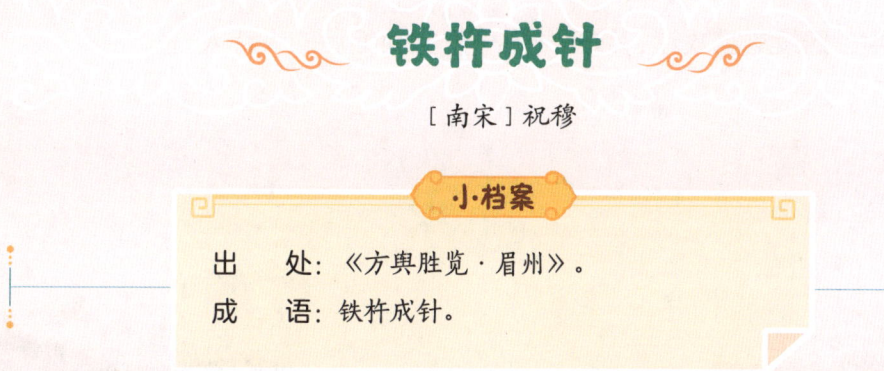

铁杵成针

[南宋] 祝穆

小档案

出　　处：《方舆胜览·眉州》。
成　　语：铁杵成针。

磨针溪，在象耳山下。世传李太白读书山中，未成，弃去。过是① 溪，逢老媪（ǎo）② 方磨铁杵③。问之，曰："欲作针。"太白感其意，还卒业④。

读懂 小古文 爱上 大语文

【注释】①[是]这。②[媪]年老的妇女。③[铁杵]用来舂米、捣物、捶衣的铁棒。④[还卒业]回去完成了学业。

译文

磨针溪,在象耳山脚下。世人都传言当年李白曾经在山中读书,没有完成学业,就想放弃离开。他经过这个磨针溪的时候,遇到一位老妇人在磨铁杵。李白问老妇人磨铁杵做什么,老妇人说:"要做针。"李白被她的意志感动,返回山中完成了学业。

欣赏文言之美

祝穆所著的《方舆胜览》不只讲各地的地形地貌、山河湖泊,还记录了很多人文内容。上面所选的这段文字就是象耳山一带的一个传说。这个传说是关于唐朝诗人李白的。李白在放弃学业之际,受到老婆婆的启发后返回山中,继续刻苦攻读,终于成为一位空前绝后的大诗人。

读完这个小故事,我们也要深入思考一下,老婆婆想把铁杵磨成针,对我们有什么启发?李白的经历又说明了什么?"不经一番寒彻骨,哪得梅花扑鼻香",求学之路是非常艰辛的,我们只有凭借坚强的毅力坚持不懈地付出努力,才能攀上学业高峰,取得令人瞩目的成绩。

祝穆打击盗版、维护版权

祝穆不只编书写书,还在家里刻书发行。他的《方舆胜览》上市后颇受欢迎,后来被人翻刻,连名字都被改为《节略舆地纪胜》。祝穆知道后非常生气,上诉到官府,请求官府保护他的知识产权。官府下令查找翻刻的人,并毁掉其刻版。官府还专门发布了榜文,禁止其他人翻刻这本书。这恐怕是中国最早的保护知识产权的官方文件了。

读懂 小古文 爱上 大语文

罗大经：隐居山林的高士

罗大经（约1196—1252），字景纶，号儒林，又号鹤林，南宋吉水（今江西吉水）人。罗大经考中进士后，曾经当过容州法曹、辰州判官、抚州推官等，后来因为朝廷内部纷争被牵连，遭弹劾罢官。此后，罗大经再无意做官，隐居山中，闭门读书，专心写作著述。罗大经有治国安邦的志向，他对南宋偏安江南深为不满，对秦桧乞和误国多有抨击，对百姓疾苦表示同情，但他的这些观点在当时是不合时宜的，所以他只能把这些思想感情表达在自己所写的书中。

罗大经学识广博，见解精辟，对先秦至宋代的文学流派和文学作品做过中肯而精到的评价。罗大经的主要成就在于他编写了《鹤林玉露》一书，此书对南宋中期的社会政治、历史掌故、风土人情和文坛轶闻多有记载，具有重要的史料与文献价值。

山静日长

[南宋] 罗大经

出　　处：《鹤林玉露》。
成　　语：牵黄臂苍。

唐子西①诗云："山静似太古，日长如小年。"余家②深山之中，每春夏之交，苍藓盈阶，落花满径，门无剥啄③，松影参差，禽声上下。午睡初足，旋汲④山泉，拾松枝，煮苦茗啜之。随意读《周易》《国风》《左氏传》《离骚》、太史公⁵书及陶杜⁶诗、韩苏⁷文数篇。从容步山径，抚松竹，与麛（mí）⁸犊共偃息⁹于长林丰草间。坐弄流泉，漱齿濯足。

【注释】①[唐子西]北宋诗人唐庚，字子西。②[家]动词，安家。③[剥啄]拟声词，敲门声，这里指客人来访。④[汲]从井里取水。⑤[太史公]即司马迁。⑥[陶杜]陶渊明和杜甫。⑦[韩苏]韩愈和苏轼。⑧[麛]小鹿。⑨[偃息]休养，歇息。

既归竹窗下，则山妻①稚子，作笋蕨，供麦饭，欣然一饱。弄笔窗间，随大小作数十字，展所藏法帖、墨迹、画卷纵观之。兴到则吟小诗，或草《玉露》②一两段。再烹苦茗一杯，出步溪边，邂逅园翁溪友，问桑麻，说秔（jīng）稻③，量晴校雨，探节数时，相与剧谈④一饷。归而倚杖柴门之下，则夕阳在山，紫绿万状，变幻顷刻，恍可人目。牛背笛声，两两来归，而月印前溪矣。

【注释】①[山妻]隐士的妻子，这里指对妻子的谦称。②[《玉露》]指作者编写的《鹤林玉露》。③[秔稻]即粳稻，其种子就是我们日常吃的粳米，俗称大米。④[剧谈]畅快地交谈。

味子西此句，可谓妙绝。然此句妙矣，识其妙者盖少。彼牵黄臂苍，驰猎于声利之场者，但见衮衮（gǔn）①马头尘，匆匆驹隙影耳，乌②知此句之妙哉！人能真知此妙，则东坡所谓"无事此静坐，一日是两日，若活七十年，便是百四十"，所得不已多乎！

【注释】①[衮衮]同"滚滚"。②[乌]疑问代词，哪里，怎么，何。

译文

唐子西在诗中写道："山静似太古，日长如小年。"我把家安在深山里面，每到春夏交替的季节，苍翠的苔藓漫上了台阶，落花铺满了小路，门前寂静无人，只有参差不齐的松柏树影，以及在枝头上下翻飞的鸟儿的婉转啼鸣。中午刚刚睡足,我就去打些山泉水,拾点松树枝,煮一杯苦茶来喝。我会随意地翻看《周易》《国风》《左氏传》《离骚》和司马迁的书籍,也会吟诵几首陶渊明、杜甫的诗和朗读韩愈、苏轼的文章。读累了,我从容地走上山间小路,轻抚苍松翠竹,和小鹿、小牛一起在密林高草间坐卧休息;坐在汩汩流动的泉水旁赏玩,用清澈的泉水漱漱口或洗洗脚。

　　我回到家中,坐在竹窗下,妻子和孩子做好了竹笋和蕨菜,又端上来麦子煮的饭,(我们)开开心心地饱餐一顿。(饭后),我在窗前写写字,或大或小随便写了几十个字,展开我收藏的字帖、书法、画卷尽情欣赏一番。兴致上来就吟几句诗,或写一两段《鹤林玉露》。写累了再煮一杯苦茶喝,去溪边散步,遇到田间劳作的老翁或溪边垂钓的朋友,问问田里桑麻等作物的长势,说说水稻的收成,预测一下天气是晴是雨,数数节气时令,大家畅谈一番。回来以后,倚着拐杖靠在门边,这时夕阳已经落在山腰,紫红的云彩与青山绿水交相辉映,变幻莫测,美丽得令人目眩。牛背上载着牧童悠扬的笛声,双双回到家中,此时月亮已经升上了天空,将倒影投在了门前的溪水中。

　　品味唐子西的这两句诗,真是绝妙。虽然这诗句妙不可言,但能领会这种妙处的人大概很少。那些手牵黄狗、臂驾苍鹰,驰骋在名利场中

阅读提示

罗大经非常推崇杜甫。他曾评价杜甫《登高》一诗的颈联"万里悲秋常作客,百年多病独登台",有八层意思。就连罗大经所著《鹤林玉露》一书的书名,也与杜甫有关。"玉露"二字来自杜甫《赠虞十五司马》诗中的"爽气金天豁,清谈玉露繁"。

的人，只能看到滚滚烟尘和匆匆马影，哪知道这两句诗的精妙呢！人们若是真正领悟了这两句诗的妙处，就会像苏东坡所说的"闲来无事静坐，一天的时光好像拉长成了两天，人生若是像这样活到七十岁，就相当于过了一百四十年"，这样的人生得有多少收获啊！

欣赏文言之美

　　这是一篇精美的散文，作者只用寥寥三四百字，就描摹了一幅清新、淡雅的山中生活画卷，其中的悠闲和恬淡令人无限神往。

　　罗大经被罢官后，厌恶了官场的钻营和倾轧，隐居山间林下读书写作，享受闲适和自由。他无比热爱这种隐居生活，所以文章字里行间都流淌着满足和愉悦。他笔下的山林美不胜收：日间"苍藓盈阶，落花满径，门无

思辨在左，文学在右：宋代古文

剥啄,松影参差,禽声上下";暮时"夕阳在山,紫绿万状,变幻顷刻,恍可人目"。他笔下的生活自由自在:品茶、读书、习字、赏书画、写作,累了就去山间散步;希望独处时就与苍松翠竹相伴、与小鹿小牛为伍,孤独寂寞时就去和农人或朋友畅聊一番。这是多么惬意的生活啊!

行文至此,作者笔锋一转,感叹懂得隐居之妙的人实在不多,因为大多数人还是终日劳碌奔波,但见"衮衮马头尘,匆匆驹隙影",终生为名利所累,不得自由。这种忙碌操劳与山静日长形成了鲜明的对比,再引用苏轼的诗句,就使得山中生活之静美更加突出、更加鲜明了。

文章在写法上也值得称道,以评论唐庚的诗句起笔,结尾再次回到这两句诗,从而使文章前后呼应,开阖自然,浑然一体,于清丽雅淡中给人耳目一新之感。

醉眠

【北宋】唐庚

山静似太古,日长如小年。
馀花犹可醉,好鸟不妨眠。
世味门常掩,时光簟已便。
梦中频得句,拈笔又忘筌。

山中寂静得仿佛远古时候一般,日子因为悠闲而变得漫长,一天仿佛是一年。暮春时节花儿还在开放,让我可以在酒后赏玩;鸟儿婉转的啼鸣,并不妨碍我安眠。遍尝人情世态,我掩上房门,减少社交,躺在竹席上,感觉自在又方便。梦中经常会出现佳词妙句,醒来想提笔写出,却又忘记了。

周密：乱世中的高雅文士

周密（1232—1298），字公谨，号草窗，又号苹洲、四水潜夫，祖籍济南，吴兴（今浙江湖州）人，宋末元初词人、文学家、书画鉴赏家。周密出生于官宦家庭，幼年时跟随父亲宦游各地，遍览东南闽浙的山水名胜，眼界和学识不断增长。成年后，周密步入仕途，但因为权臣的阻挠，周密一直辗转于下层官吏中得不到提拔。宋亡后，周密不再入仕，专心著书。

周密早年生活较为安逸，虽有奔走之劳，但仍不乏壮志与激情，他与朋友交游唱和，尽情享受诗书之乐，这种生活造就了他高雅的审美情趣和过人的文学才华。他精通音律，诗、词、文皆通，书法、绘画俱佳，是一位少有的文艺全才。周密还评砚品、临书谱、笺画史、修茶具，是宋末浙东南有名的文物收藏家及鉴赏家。难得的是，周密还懂医药，他在自己的著作中记载了多个治病药方，人们试后觉得很灵验。

周密一生忙于读书、藏书、校书、著书，他的作品包括《齐东野语》《武林旧事》《癸辛杂识》《志雅堂要杂钞》等。

观潮

[南宋] 周密

小·档案

出　处：《武林旧事》。
成　语：如履平地、披发文身。

浙江^①之潮，天下之伟观也。自既望^②以至十八日为最盛。方其远出海门^③，仅如银线；既而渐近，则玉城雪岭，际天而来，大声如雷霆，震撼激射，吞天沃^④日，势极雄豪。杨诚斋^⑤诗云"海涌银为郭^⑥，江横玉系腰"者是也。

【注释】①[浙江] 即钱塘江。②[既望] 阴历每月的十六日，此指八月十六日。③[海门] 钱塘江入海口，有两山对峙，好像一扇门。④[沃] 冲洗。⑤[杨诚斋] 南宋诗人杨万里，号诚斋。⑥[郭] 城墙。

每岁，京尹^①出浙江亭^②教阅水军，艨艟（méng chōng）^③数百，分列两岸；既而尽奔腾分合五阵之势，并有乘骑、弄旗、标枪、舞刀于水面者，如履平地。倏尔黄烟四起，人物略不相睹，水爆轰震，声如崩山；烟消波静，则一舸（gě）^④无迹，

仅有"敌船"为火所焚，随波而逝。

【注释】①[京尹]国都所在地之地方长官，此指临安知府。②[浙江亭]亭名，在杭州候潮门外。③[艨艟]战船。④[舸]船。

吴儿善泅（qiú）①者数百，皆披发文身②，手持十幅大彩旗，争先鼓勇，溯迎而上，出没于鲸波③万仞④中，腾身百变，而旗尾略不沾湿，以此夸能。而豪民贵宦，争赏银彩。

【注释】①[泅]浮水，游泳。②[披发文身]披散着头发，身上刺着花纹。③[鲸波]形容波高浪大。④[万仞]形容潮头之高。仞，古代长度单位。

江干①上下十余里间，珠翠罗绮溢目，车马塞途。饮食百物皆倍穹②常时，而僦赁（jiù lìn）③看幕，虽席地而不容间也。

【注释】①[江干]江岸。②[穹]高，隆起，这里指超出。③[僦赁]租借。

禁中①例观潮于"天开图画"②。高台下瞰，如在指掌。都民遥瞻黄伞雉扇③于九霄之上，真若箫台④蓬岛⑤也。

【注释】①[禁中]帝王居住的宫城。②["天开图画"]南宋皇宫中一个台阁名称。③[黄伞雉扇]指皇帝的仪仗。雉扇，形状下方上圆，周围用雉羽装饰。④[箫台]也叫凤台，此处指神仙所居的高台。⑤[蓬岛]古代神话传说渤海中有仙山名叫蓬莱，上面有神仙居住。

译文

钱塘江的大潮，是天下少有的雄伟奇观。从十六日到十八日，最为壮观。当大潮远远地从钱塘江的入海口出现时，就像一条细细的银线；不一会儿，潮头渐渐靠近，好像白玉砌成的城池、白雪堆成的山岭一般，从天际堆压下来，轰隆隆的声音如雷霆般震撼人心；波涛汹涌澎湃，仿佛要将天空吞没、把太阳冲洗一番，气势极其雄浑豪壮。杨万里诗中所写"海涌银为郭，江横玉系腰"，描述的就是这个场景。

每年临安府的长官到浙江亭外检阅水军时,战船多达好几百艘,分列在江的两岸;不一会儿,这些战船开始劈波斩浪,疾驰飞奔,时而分开,时而合拢,演习五阵的阵势,同时水面上还有骑马舞旗、举枪挥刀的士兵,他们就像走在平地上一样。忽然间黄色烟雾四处腾起,对面的人和物都看不清楚,水中的爆破声轰然炸响,震耳欲聋,如高山崩塌一般;等到黄烟散去,波涛归于平静,这时江面上一艘船也不见了,只有演习中充当敌方的战船还在被火焚烧,慢慢也沉没了。

几百个擅长游泳的吴地健儿下水弄潮,他们散开头发,身上画满文身,手拿十幅大彩旗,奋勇争先,逆潮而上,他们的身影随万仞高的潮头起落奔腾,变换着各种姿势,而手持的旗角一点儿也没有被水沾湿,以此来夸耀自己高超的游泳技能。有钱的富豪、尊贵的官员看了他们的表演,争相赏赐他们银两和彩绸。

钱塘江两岸绵延十多里,满眼都是头戴珠翠首饰和身穿绫罗绸缎的观潮人群,车马把路都堵住了。路边售卖的食物饮品和日用百货比平时多出了几倍,人们纷纷租赁观潮的看棚,帐篷挨挨挤挤,连一席之地都没有。

皇帝也带人登上高高的天开图画台观潮。从高台上俯瞰,下面的一切

好像掌握在手中。京都的百姓遥望皇帝的仪仗，那黄伞和雉扇仿佛处在九霄云间，看上去就像箫台和蓬莱等仙境。

欣赏文言之美

　　钱塘江大潮是天下少有的奇观，历史上有不少文人才子对此进行描写，但周密这篇散文堪称绝妙。周密用一支神奇的笔，将钱塘江大潮惊心动魄的气势描写得淋漓尽致。

　　作者精心剪裁，通过四个方面来描写大潮。第一段描写潮来的状貌和气势，从开始的"仅如银线"，到后来"玉城雪岭，际天而来"，文字虽简约，却极生动，如高清镜头一般，将潮水漫天涌来的画面一下子推到了读者面前。作者还不忘加上音效，"大声如雷霆，震撼激射"，让读者于文字之中获得了全方位的视听享受。

　　第二段，描写临安府长官检阅水军时的实战演习场面。巨大的战舰分列江两岸，扮作敌我两方，往来急驶，列成不同的阵势，士兵在水面骑马挥旗、舞枪弄棒，如在平地般平稳。接下来，双方激烈"开战"，炮火隆隆，烟雾弥漫，让两岸观战的百姓倍感刺激。

　　第三段描写弄潮儿竞技。他们披发文身，手持彩旗出没于滔天巨浪中，竟然能不湿旗尾，令人叹为观止！

　　第四段通过描写观潮人群来展现大潮的魅力。壮观的钱塘江大潮吸引了无数的杭州百姓，从达官贵人到贩夫走卒，甚至连皇帝都来观看。江两岸人群拥挤，商品琳琅满目，处处珠翠罗绮，读者读到此处，仿佛来到南宋年间，亲眼看到了当时人们繁华富丽的生活。

　　周密的《武林旧事》是在南宋灭亡以后写的，他通过描写宋时的民风民俗、游观宴乐来表达自己对逝去王朝的追忆，以及对天下兴亡的慨叹。

语文教材古文篇目索引

语文教材古文篇目	作者（出处）	所属年级	本书页码
司马光	《宋史》	三年级上册	52
改过不吝，从善如流	苏轼	三年级下册	93
铁杵成针	祝穆	四年级下册	139
由俭入奢易，由奢入俭难	司马光	五年级上册	58
人有耻，则能有所不为	朱熹	五年级下册	134
书戴嵩画牛	苏轼	六年级上册	90
祖宗疆土，当以死守，不可以尺寸与人	《宋史》	六年级上册	124
孙权劝学	司马光	七年级下册	56
卖油翁	欧阳修	七年级下册	22
爱莲说	周敦颐	七年级下册	43
记承天寺夜游	苏轼	八年级上册	98
君子用人如器	司马光	八年级下册	54
岳阳楼记	范仲淹	九年级上册	4
醉翁亭记	欧阳修	九年级上册	16
赤壁赋	苏轼	高中必修上册	100
答司马谏议书	王安石	高中必修下册	81
六国论	苏洵	高中必修下册	36
五代史伶官传序	欧阳修	高中选择性必修中册	24
石钟山记	苏轼	高中选择性必修下册	107